Collection « Génération 90 »

Données de catalogage avant publication (Canada)

De Luca Calce, Fiorella, 1963-

[Vinnie and me. Français]
Vinnie et moi

(Collection Génération 90)
Traduction de: Vinnie and me

ISBN 2-921425-67-X

I. Titre. II. Titre: Vinnie et moi. Français.
III. Collection.

PS8557.E443V5614 1995 C813'.54 C95-941637-4
PS9557.E443V5614 1995
PR9199.3.D4V5614 1995

Illustration de la couverture:

1751, rue Richardson, bureau 7519
Montréal (Qc) H3K 1G6
Tél.: (514) 939-8862
Fax: (514) 939-2661
SAN: 117-7931

Dépôt légal — 4e trimestre 1995
Bibliothèque nationale du Québec
ISBN 2-921425-67-X

Cet ouvrage a été subventionné en partie par le Conseil des Arts du Canada et le ministère de la Culture du Québec

Les Éditions Balzac remercient le Conseil des Arts du Canada du soutien qu'il leur a apporté pour la traduction de cet ouvrage.

Vinnie et moi

Fiorella De Luca Calce

VINNIE ET MOI

Roman

traduit de l'anglais par Hélène Rioux

Collection «Génération 90»

Les Éditions Balzac

À C. P., mon meilleur ami.

1

Le son assourdi de la balle qui rebondit dans la cour me suit à l'intérieur de la maison.

— Hé! Grande sœur! On joue à la balle? s'écrie mon frère à travers la moustiquaire.

— Plus tard, peut-être, dis-je en posant mes sacs d'épicerie sur le comptoir encombré.

Je prends une casserole dans l'armoire, je la remplis d'eau, j'ajoute une pincée de sel et je la dépose sur la cuisinière.

— Allez, Piera!

Le visage rouge de mon frère apparaît à la fenêtre ouverte au-dessus de l'évier.

— Je suis occupée, Bennie.

Il s'essuie le front du revers de la main.

— Ce qu'il fait chaud! Qu'est-ce qu'on mange pour souper?

— Des pâtes.

— Encore!

— Le souper sera prêt dans quinze minutes. Si tu mettais le couvert?

Il rejette la tête en arrière en maugréant. Je range les denrées que j'ai achetées à l'épicerie après l'école. Sur la table, les fleurs du jardin embaument. Papa ne le remarquera probablement même pas.

La porte de sa chambre est ouverte. Je le vois, vautré sur le lit, le front caché par un bras, comme s'il craignait que quelqu'un vienne le réveiller. La boucle de sa ceinture est détachée, il est pieds nus.

— Papa, dis-je en lui touchant l'épaule, viens manger maintenant.

Je lui ai parlé en italien. Son bras glisse sur son visage, laissant voir ses yeux ouverts, bleus comme le ciel, comme les yeux de Bennie.

— *Piera, sei tu,* c'est toi, marmonne-t-il en tournant la tête vers le portrait de ma mère accroché au mur au-dessus du lit.

Il y a trois ans que maman est morte.

— M. Tucci a téléphoné ce matin. Je lui ai dit que ton ulcère te faisait souffrir. Il m'a rétorqué que ça lui coûte cher chaque fois que tu es malade. Il n'était pas très content. Tu as besoin de ce travail, papa, ajouté-je après un silence. Il faut que nous gardions la maison.

Il me regarde à présent, et me répond en italien :

— Exactement comme ta mère. Tu es exactement comme ta mère.

Une expression familière d'impuissance passe sur son visage pas rasé. Il se traîne hors du lit. Je l'aide à mettre sa robe de chambre.

— Allez ! Je vais faire le lit.

Il sort de la pièce ; je change les draps. Mon pied heurte quelque chose de froid : une bouteille de vin vide. Je l'envoie rouler sous le lit et j'éteins la lumière.

Huit heures du soir. Je n'ai pas encore commencé mon travail d'anglais. J'ai préféré peindre. La mer, d'après une vieille carte de souhaits que quelqu'un m'a offerte. Un jour, j'aimerais pouvoir peindre la vraie. J'aimerais la regarder, les jours de beau temps, lorsqu'elle soupire sur la plage, ou, mieux encore, qu'elle s'agite, furieuse, violente. J'aimerais apprivoiser les vagues et les fixer sur une toile.

Je regarde mon journal intime à côté de moi, sur la commode. Le nom de Vinnie est griffonné sur la page de garde. Je suis censée écrire dans ce journal le reste de l'année. Dans le premier texte, je dois décrire la personne la plus proche de moi. Il se trouve que cette personne est Vinnie Andretti, mon meilleur ami. Sujet difficile à traiter. Pas plus facile que de terminer cette peinture.

Ce soir, j'ai recommencé à travailler mon tableau, mais le pinceau est lourd et mes tracés sont aussi incertains que les mots que j'ai entrepris d'écrire dans mon journal. Comment puis-je écrire sur Vinnie? Comment le décrire quand son caractère est aussi insaisissable que les expressions qui passent sur son visage? Quand nous étions en troisième année, il m'a mise au défi de me glisser avec lui dans la cour du vieux Capelli pour voir lequel de nous deux pourrait manger le plus de pommes. J'ai gagné, mais nous avons tous deux été malades. Notre amitié date de ce jour. Vinnie prétend que c'est parce que nous gardons les choses en perspective que nous sommes de si bons amis. Je l'empêche de faire trop de folies et, lui, il m'empêche de devenir trop sérieuse.

Ce que j'apprécie chez lui, c'est que, le soir, je peux l'envoyer se faire cuire un œuf et que, le lendemain matin, nous sommes encore des amis. Selon ma sœur Gina, nous formons une drôle de paire: la Beauté et le Cerveau. Le Cerveau, c'est moi. Vinnie incarne la Beauté.

Gina est mariée. Elle habite sur la rive sud de Montréal. Elle attend un bébé qui doit naître cet été. Depuis deux mois, elle est devenue très maternelle.

Ma sœur a des réserves à propos de Vinnie. Elle le croit irresponsable, un peu sauvage. Elle pense qu'il exerce une mauvaise influence sur moi. Au fond d'elle, je sais qu'elle l'aime bien. Je suppose qu'il lui fait un peu penser à elle au même âge.

Mais Gina a raison: Vinnie est un peu fou, insouciant. Il est vraiment doué pour choquer les gens. Comme la fois où il a baissé son pantalon devant Mme B. sous prétexte de lui montrer son grain de beauté.

Il ne manque pas de caractère non plus. À Noël dernier, il a fracassé la vitrine dans le salon des étudiants parce que le moniteur avait refusé de prendre sa passe. Si je devais énumérer toutes les choses que Vinnie aime, je pourrais les résumer ainsi: courir sur la piste qui se trouve près d'ici, voyager (bien qu'il ne soit jamais vraiment allé nulle part) et, j'imagine, se tenir avec moi. Sans Vinnie, personne ne me remarquerait à l'école. Les filles sont folles de lui.

C'est notre dernière année à l'école secondaire. Notre dernier été. En principe, nous devons laisser notre emploi à temps partiel chez MacDonald's et traverser le Canada en voiture jusqu'en Colombie-Britannique. Nous planifions ce voyage depuis que nous avons douze ans. Il y a un an et demi, le grand-père de Vinnie a eu un infarctus et on a dû le placer dans un foyer de convalescents. Il travaillait comme paysagiste et il a laissé son camion à Vinnie.

Vinnie ne se demande pas si le camion pourra tenir le coup jusqu'en Colombie-Britannique ou si nous retrouverons notre emploi à temps partiel au retour. Il fonce, c'est tout. Sans gaspiller sa salive. Seule l'action compte.

Jusqu'à il y a environ un mois, j'accompagnais Vinnie au foyer, mais comme l'état de son grand-père s'est aggravé, on l'a transféré à l'hôpital local et, désormais, seule sa famille est autorisée à lui rendre visite. Alors Vinnie y va sans moi. Il aime lire le journal en italien à son grand-père. Ils sont très proches l'un de l'autre. Dans mes plus lointains souvenirs, je revois M. Andretti nous accueillir à la porte après l'école. Son expression était toujours sérieuse et polie. Un homme taciturne. Il nous préparait un goûter et nous laissait flâner dans le jardin. On ne voyait pas beaucoup la mère de Vinnie; cela n'a pas changé. Je n'ai jamais rencontré le père naturel de Vinnie. Je sais seulement qu'il est parti avant la naissance de son fils.

Vinnie et sa mère sont comme l'huile et l'eau. Elle entretient de nombreuses amitiés masculines. Ses amis débarquent souvent chez elle et s'incrustent parfois pendant des semaines, ce qui a le don de faire enrager Vinnie. Il prétend que sa mère ne sait pas choisir ses amis.

J'ai vu quelques-uns de ces individus circuler dans cette maison. Le pire de tous, c'était Max. Je me tenais loin quand Max se trouvait dans les parages. Je n'aimais pas sa façon de me regarder. Comme si je n'avais rien sur le dos. Une fois, Vinnie l'a surpris en train de piquer de l'argent dans le sac de sa mère. Il a tenté de la mettre au courant, mais elle l'a traité de menteur. Une autre fois, Vinnie a trouvé de la drogue qu'un autre ami de sa mère avait cachée au sous-sol. Il a tout jeté dans la toilette.

Il a vraiment perdu les pédales, cette fois-là. Si Mme Andretti n'avait pas appelé la police, Vinnie aurait tué ce type. Elle a dit que Vinnie essayait d'éloigner ses amis. Ces paroles l'ont blessé; il n'a jamais pu les oublier.

J'admets que Vinnie perd un peu la tête, parfois. Les propos qu'il tient me sidèrent. Je ne suis pas censée le raconter, mais il lui arrive de désirer être une femme, seulement pendant une minute, pour sentir ce qu'on éprouve lorsqu'on est enceinte, que quelque chose vit à l'intérieur de soi. Que puis-je dire d'un gars comme ça? C'est Vinnie.

Voilà ce que j'aimerais écrire, mais je n'ai pas l'impression que Vinnie l'apprécierait beaucoup. Peut-être que j'écrirai à propos de son camion, du jardin que nous avons semé dans ma cour, à propos de son grand-père...

Il est neuf heures. Je n'ai pas envie de me coucher tout de suite. Je sors de ma chambre, descends à la cuisine, compose un numéro de téléphone.

— Puis-je parler à Vinnie, s'il vous plaît?

— De la part de qui?

— Piera.

— Il est pas là.

— Quand doit-il rentrer?

— Comment veux-tu que je le sache? Tu penses que je vis ici?

J'entends alors la voix de Mme Andretti — «Qui est-ce, Max?» — et le bruit de l'appareil qui change de mains.

— Allô?

— Mme Andretti, c'est Piera.

— Vinnie n'est pas à la maison, mon chou.

— Savez-vous quand il doit rentrer?

— Ce petit sacripant ne me dit jamais rien. Je lui demanderai de t'appeler à son retour.

Je lui dis de ne pas se donner cette peine. Elle raccroche.

Je mets un blouson. Après avoir jeté un coup d'œil sur mon frère qui dort profondément, je me glisse hors de la maison.

La piste de course se trouve à deux rues de chez moi, rue Everett. Je distingue Vinnie au milieu des peupliers qui bordent la piste, et je me dirige vers les tribunes. Il m'aperçoit et m'envoie la main. Il fait deux autres tours de piste avant de me rejoindre. Des mèches de cheveux mouillés sont plaquées comme des algues sur son visage.

— Tu as besoin d'une coupe de cheveux.

Je repousse la frange sur son front. Il reprend son souffle.

— Ouais... Quoi de neuf?

— Tu veux qu'on aille chez ma sœur, dimanche?

— Bien sûr. Pourquoi pas?

— J'ai appelé chez toi. Tu ne m'avais pas dit que Max était revenu.

— Inutile d'en parler, répond-il en haussant les

épaules, se passant distraitement la main sur la joue. Il va repartir après le jour de paie.

— Je pensais qu'elle l'avait mis à la porte.

— Certaines toxicomanies sont très tenaces.

Il tend la main. Je lui donne sa serviette chiffonnée près de moi.

— Qu'est-ce que tu vas faire?

— La maison lui appartient. Elle peut agir comme bon lui semble.

Il s'éponge le visage et s'enroule la serviette autour du cou.

— Où vas-tu dormir, cette nuit?

Il ne dormira pas chez lui, parce que Max est là.

— Je sais pas.

— Tu peux venir à la maison.

— Non.

Je soupire, me demandant pourquoi je me donne la peine de lui proposer cela alors que je sais parfaitement qu'il va refuser. J'essaie de lui faire entendre raison:

— Tu ne vas quand même pas camper dans le camion!

— Dis donc, toi, qu'est-ce que tu fais ici, d'ailleurs? riposte-t-il en haussant les épaules.

— J'arrivais pas à dormir.

— Des ennuis?

— J'ai un oral en français demain et je n'ai rien étudié de la fin de semaine.

— Tu t'en tires toujours très bien, me rassure-t-il en me tapotant l'épaule.

Je baisse les yeux et remue les pieds.

— Ton père a recommencé à boire.

Il me prend le menton pour saisir mon regard. Il sait que je ne répondrai pas. Je regarde au loin.

— Ton père a besoin d'alcool comme ma mère a besoin des hommes.

— Je déteste t'entendre parler comme ça.

Il agrippe mon bras, me force à le regarder.

— C'est la vérité que tu détestes.

Ses paroles me blessent. Il le sait. Il m'attire contre lui, m'embrasse sur la tempe gauche. Je souris malgré moi.

— Allez, Perri. Je te raccompagne chez toi.

2

Le conseiller pédagogique a demandé à me rencontrer aujourd'hui. Deux autres élèves attendent sur le canapé. Celui aux cheveux orange a le nez dans une bande dessinée, l'autre est occupé à se nettoyer les ongles avec un cure-dent.

— Qu'est-ce que je peux faire pour toi?

La secrétaire me dévisage sous ses cils épais, sa chevelure aussi impeccable que le dessus de son bureau.

— Je viens voir M. Jennings.

— Tu as un rendez-vous?

Je lui tends un billet. Elle le prend, disparaît derrière les portes vitrées gris fumée et revient quelques minutes plus tard.

— Tu peux entrer.

Je me dirige vers l'endroit d'où elle est venue. De son bureau, M. Jennings me fait signe d'entrer.

Il contourne sa table de travail et me tire une chaise.

— Vous vouliez me voir?

Il pose les coudes sur sa table, croise les mains.

— Comment ça va en classe?

— Ça va.

— Et à la maison?

— Bien.

Il me regarde dans les yeux, tire un dossier de la corbeille sur son pupitre.

— Tu as été plusieurs fois absente, ce dernier trimestre.

— Mon frère était malade.

— Tu continues à travailler la fin de semaine, je suppose? Et à donner des cours particuliers après l'école?

Je hoche la tête; j'aperçois les notes des élèves affichés au-dessus de lui. C'est la première fois que je les vois.

Il pointe un doigt dans ma direction.

— Tu en fais trop.

— Je travaille fort.

— Je sais. Tu as d'excellentes notes. Tu as été choisie pour prononcer le discours d'adieu à la fin de l'année. Aussi bien dire que tu as gagné la bourse Liddiard. C'est tout un exploit, jeune fille. Mais, poursuit-il après un court silence, si tu continues à te surmener ainsi, tu ne termineras pas l'année.

Il attend ma réponse et, voyant que je reste muette, il se renverse dans son fauteuil.

— Je vois que tu as enfin choisi un collège. Le Canadian Pacific offre un très bon programme en administration. Si mes souvenirs sont exacts, ton test d'orientation indiquait une aptitude en arts.

— J'ai fait le choix le plus sensé.

— J'ai remarqué que ton ami, Vinnie Andretti, a présenté une demande d'admission au même collège. Est-ce que l'un de vous deux a reçu une réponse?

— Nous avons attendu à la dernière minute avant de prendre une décision.

Je m'en souviens parfaitement, parce que Vinnie est allé en personne porter nos formulaires afin que nous ne dépassions pas la date limite.

— À l'heure qu'il est, vous devriez avoir reçu une confirmation.

Il consulte sa montre.

— Il est presque midi.

Il m'adresse un sourire rassurant.

— Je vais m'en occuper, reprend-il. Je vais vérifier s'il y a un retard au bureau du registraire.

Je me lève en essayant de ne pas avoir l'air trop fébrile, et je respire une fois sortie du bureau. Je m'arrête à mon casier, puis je me rends à la cafétéria. Vinnie est installé à sa place habituelle près des machines distributrices. Je me fraie un chemin entre les tables. Derrière, quelqu'un m'attrape par la taille.

— Hé ! Professeur !

C'est Sam Lopez, l'élève dont je suis la tutrice. Il s'arrange pour me faire asseoir sur ses genoux.

— Devine quoi ? me demande-t-il, le sourire fendu jusqu'aux oreilles.

— Qu'est-ce que c'est ?

J'essaie de me dégager. Je sens que Vinnie nous observe.

— J'ai obtenu 90 pour cent à mon examen de français.

Son sourire me trouble.

— C'est formidable, Sam. Je savais que tu pouvais y arriver.

— C'est grâce à toi. Les cours que tu m'as donnés

m'ont vraiment aidé. Laisse-moi t'inviter pour le lunch.

— Impossible. J'ai rendez-vous avec quelqu'un.

— Alors, je te verrai ce soir.

Il m'embrasse sur la joue et me laisse partir en me donnant une petite tape dans le dos.

Vinnie ne me quitte pas des yeux tandis que je m'assois en face de lui. Il a les bras croisés sur la poitrine.

— Qu'est-ce qui lui arrive?

— Il a réussi son examen de français.

— Avec une tutrice comme toi, je ne vois pas comment il aurait pu le rater. À présent, tu sais pourquoi je recherche ta compagnie. Une fille brillante et pas désagréable à regarder. Sam n'est pas bête.

— Sam a travaillé fort tout le trimestre, lui fais-je remarquer.

— Ne me regarde pas comme ça, dit-il en mettant sa main devant mon visage.

— Qu'est-ce que tu veux dire?

Il se penche vers moi.

— Tu ne me crois pas capable de travailler fort.

— Tu n'y crois pas.

— Si je le pouvais, poursuit-il, est-ce que j'aurais le droit de t'embrasser, moi aussi?

Une chose me frappe.

— Tu es jaloux!

— Ce n'est pas parce qu'il est dans mon cours de photo que je suis obligé de l'aimer. Je connais bien ce genre de gars. Il te chante la pomme.

— Tu le connais mal.

— Je suis de la même espèce, Perri. Il se fiche de toi. Tu vas souffrir.

Il se redresse sur sa chaise, arborant cette expression satisfaite qu'il a quand il est sûr d'avoir raison.

Je sens que je vais avoir la migraine.

— Nous avons une heure pour manger, Vinnie. Ne la gaspillons pas à nous disputer.

Il me regarde, puis regarde mon sandwich.

— Tu veux échanger ton beurre d'arachide contre mon thon?

Mon amie Francine se croise les doigts pour me souhaiter bonne chance en passant à côté de mon pupitre. C'est à mon tour d'aller devant la classe. Je parcours des yeux les notes qu'elle a laissées sur le pupitre. Je farfouille dans les papiers, j'essaie de reprendre là où elle était rendue. Monsieur Dallaire a l'air chagriné. Pourquoi est-ce je n'arrive à me souvenir de rien? Francine me fait un signe. Je vais devoir improviser, j'imagine.

J'ouvre la bouche et bafouille des mots. Je dis sûrement ce qu'il faut, car Monsieur Dallaire hoche la tête à l'occasion. C'est alors qu'une sonnerie d'alarme se met à résonner dans la bâtisse, noyant mes paroles. Des bras et des jambes émergent des sièges. Mon professeur se dirige déjà vers moi. Je m'éloigne du tableau. Il m'arrête de la main.

— À demain, mademoiselle D'Angelo.

— Oui... monsieur, bredouillé-je, désireuse de suivre les autres à l'extérieur.

Francine, qui m'a rejointe, passe son bras sous le mien.

— N'est-ce pas une première? Mlle Perfection, Mlle Intelligence qui n'est pas tout à fait prête pour un oral! Qu'est-ce que vous avez étudié, à part le français, en fin de semaine, Sam et toi?

— Je ne l'ai pas vu en fin de semaine.

Francine a ce qu'elle appelle un «super béguin» pour Sam. Mais il faut dire que Francine ne compte plus ses béguins.

— Tu as Super Apollon comme partenaire. Et qui crois-tu que Mlle Bruillet m'a collé? Nul autre que Sansalone le Sac d'ordures!

Elle veut dire Pat Sansalone. Ce gars-là n'a jamais entendu parler de désodorisant.

— J'ai passé la fin de semaine à aider Vinnie en maths.

— Tu sais que je n'arrivais pas à le croire quand il m'a dit qu'il avait présenté une demande d'admission dans un cégep.

— Il faut bien qu'il fasse quelque chose.

— Je ne vous comprends pas. Comment se fait-il que vous ne sortiez pas ensemble?

J'éclate de rire.

— Vinnie et moi? Nous nous sommes connus en quatrième année. Je le considère pratiquement comme un frère.

— Sans oublier qu'il est blond, adorable et drôle. Combien de filles peuvent dire ça de leur meilleur ami.

Francine bouscule le gars derrière nous tandis que nous sortons.

— Hé! Arrête de pousser, veux-tu?

C'est le genre d'attitude qui me plaît chez elle.

Notre directeur, M. Malone, traverse le terrain de stationnement. La moitié des élèves sont sortis: les finissants, à droite; les autres, à gauche.

— Quand on parle du loup...

Francine a aperçu Vinnie dans le terrain de stationnement.

Il est accoté sur l'aile d'une Honda rouge. Il sourit en nous voyant et se dirige vers nous.

— Qu'est-ce que vous en dites, les filles? demande-t-il en nous adressant un clin d'œil. Je suis tombé pile, pas vrai?

— Tu es responsable de ça?

Francine reste bouche bée devant lui.

— Et si tu te fais attraper? dis-je en essayant de ne pas hausser le ton.

— Quel type!

Francine lui saute au cou. Il roule les yeux vers moi, l'attire davantage contre lui.

— Tu es fou, chuchoté-je.

— Seulement de toi, riposte-t-il en la libérant.

Francine me jette un regard éloquent, puis parcourt la foule des yeux.

— Hum... Je pense que je vois quelqu'un qui me plaît.

Elle envoie la main à un garçon aux cheveux noirs, debout près de la clôture.

— Mon rendez-vous de samedi soir.

Elle cligne de l'œil.

— À tout à l'heure.

Ses longs cheveux me fouettent le visage tandis qu'elle se dirige vers lui. La sonnerie s'est tue. Vinnie prend mes livres et me suit à l'intérieur de l'école.

— Tu es bien silencieuse. Es-tu fâchée?

— Et comment! réagis-je en m'arrêtant.

Il lève les mains.

— Qu'est-ce que j'ai fait?

Je lui donne un coup de coude et lui fait un signe de la tête vers l'extrémité du corridor: M. Malone vient dans notre direction. Il s'arrête et considère longuement Vinnie d'un air peu commode.

— Andretti, combien de retenues as-tu eues ce mois-ci?

— Je me rappelle plus.

Vinnie le défie du regard. Mon Dieu, faites qu'il n'argumente pas!

— Eh bien, Andretti, moi je n'ai pas oublié. À bien y penser, je ne serais pas du tout surpris que tu aies quelque chose à voir dans cette histoire.

J'interviens alors.

— Non, monsieur. Il était avec moi.

Le directeur nous regarde tour à tour, Vinnie et moi.

— Retournez en classe tous les deux.

Je dis à Vinnie d'avancer.

— Cinq retenues. Quatre bagarres. Pas étonnant qu'on t'ait expulsé de l'équipe d'athlétisme! persiflé-je, une fois hors de la vue du directeur.

— C'est parce que j'ai du caractère, rétorque Vinnie en haussant les épaules.

— La semaine dernière, tu as provoqué une explosion au laboratoire de chimie.

— Une erreur de calcul.

— Vendredi, tu as envoyé Mme Goldstein à l'infirmerie.

— Elle était dans un de ses mauvais jours.

— Vinnie, tu es le cauchemar de tous les professeurs. Parfois, je pense que tu n'as aucune intention d'obtenir ton diplôme.

— Tu veux rire! Une autre année à m'embêter

comme ça et je deviens fou. Après les examens, je mets les voiles.

— Ce pourrait être plus tôt que tu ne le penses. M. Malone t'a sur sa liste noire. Encore une bêtise et tu es à la porte. Tu sais quelles conséquences aurait un renvoi sur ta demande d'admission au cégep ?

— Comme si je m'attendais à être accepté ! Je me demande d'ailleurs pourquoi j'ai présenté une demande, rétorque-t-il d'un air désabusé.

— Tu ne peux quand même pas rester un délinquant toute ta vie. Et puis, tu peux y arriver. Je sais que tu peux y arriver.

— Tu ne m'en veux pas ?

Ses lèvres se retroussent pour esquisser un sourire à la Garfield.

— Comment le pourrais-je ? C'est toi qui me raccompagnes chez moi !

3

Les choses se passent différemment chez Sam. Il est enfant unique et ses parents l'adorent. Son père occupe un poste de direction au gouvernement fédéral ; sa mère est enseignante. Ce sont des gens très gentils, raffinés, mais qui ont les deux pieds sur terre.

Au souper, Mme Lopez nous a servi un plat qui porte un nom dont je n'arrive pas à me souvenir. Elle prépare toujours des mets sophistiqués et, parfois, notre repas est accompagné de vin importé. Elle fait toujours du dessert. Ce soir, c'est mon préféré, un *mille-feuille.*

— Sam a fait des progrès extraordinaires depuis qu'il a accepté de travailler avec toi. Tu as accompli un miracle avec lui.

Mme Lopez me regarde d'un air radieux, ses longs cheveux noirs encadrant son visage olivâtre. Sam ressemble davantage à son père avec ses cheveux raides et sa mâchoire carrée.

— Si je comprends bien, tu vas aller au Canadian Pacific, toi aussi, dit M. Lopez en s'adressant à moi.

— Oui, en administration, si tout va bien, évidemment.

— Cette fille est un cerveau, affirme Sam en me frottant l'épaule, l'air possessif.

— Sam va travailler cet été pour mon courtier en bourse, reprend M. Lopez.

— Surtout comme messager, explique Sam.

— Mais j'y pense, dit M. Lopez en pianotant sur la table. On aura peut-être besoin d'aide au secrétariat. Sais-tu taper à la machine, Piera?

— J'ai suivi un cours de dactylographie, ce trimestre.

— Fantastique! s'écrie-t-il en me tapotant la main. On pourrait peut-être t'embaucher au bureau. Ce serait une bonne expérience pour toi. Il n'est pas facile de trouver un bon emploi, par les temps qui courent.

— Tu parles! approuve Sam. C'est quand même mieux qu'un boulot chez MacDonald's.

Je sursaute en l'entendant, contente de ne pas lui avoir dit que je travaillais là.

— Maman, papa, saviez-vous que Piera est une artiste? déclare Sam.

— C'est bien d'avoir un passe-temps, poursuit M. Lopez tandis que sa femme remplit son verre. Peinture ou crayon?

— Les deux.

— Dis donc! s'écrie Sam en faisant claquer ses doigts, tu ne participes pas à l'exposition, cette année? Vinnie affirme que tes tableaux sont parmi les meilleurs de l'école.

— Je ne crois pas pouvoir y participer. Je n'ai pas beaucoup peint ces derniers temps.

— Savais-tu que nous suivons le même cours de photo, Vinnie et moi?

— Oui.

— Il fait de bonnes photos.

— Je l'ignorais.

Je hausse les épaules en comptant intérieurement le nombre de fois où il m'a demandé de poser pour me dire plus tard que les photos étaient ratées.

— Il fait des photos depuis que je le connais, mais il ne m'en a jamais montré une.

— Vinnie est un de tes amis? demande M. Lopez.

— Mon meilleur ami.

M. Lopez hoche la tête, puis change de sujet de conversation, passant aux nouvelles de la soirée. Après le repas, j'aide Mme Lopez à laver la vaisselle pendant que les hommes vont faire une partie de billard dans la salle de jeu. Une fois les corvées terminées, je ramasse mes choses, remercie Mme Lopez pour le repas, et je vais attendre Sam au salon.

— Vinnie vient te chercher, ce soir? s'informe Sam qui vient d'entrer, arborant une expression mi-figue mi-raisin.

— Ton père a encore gagné? demandé-je après avoir fait un signe de tête affirmatif.

Je guette par la fenêtre le jaillissement des phares.

— Pourquoi ne me laisses-tu pas te raccompagner chez toi?

— Ça ne dérange pas Vinnie.

Je ne veux pas lui expliquer que nous nous voyons toujours après le souper, Vinnie et moi. Parfois, nous allons nous promener, nous flânons sur la piste, ou bien nous restons simplement assis dans les marches devant chez moi. C'est, pour ainsi dire, une vieille habitude.

— Je suis jaloux.

Sa franchise me désarme.

Un coup de klaxon retentit dehors.

— C'est lui.

Je prends mon sac et je me lève du canapé.

— Attends !

Sam me tire en arrière au moment où j'ouvre la porte. Il prend mon visage dans ses mains et m'embrasse sur la bouche.

Je bredouille « Bonsoir », puis je sors en trébuchant dans la rue.

4

Ce matin, je vois mon frère affalé sur le sofa, le visage plongé dans un manuel scolaire. Je jette un coup d'œil par-dessus son épaule.

— Tu fais tes devoirs, hein? dis-je en arrachant la bande dessinée dissimulée entre les pages du livre.

— Oh! Allez, Perri! proteste-t-il.

— S'il faut absolument que tu t'étendes sur le sofa, tu pourrais au moins retirer tes chaussures.

J'enlève ses pieds du canapé et je pose le bol de soupe sur la table à café.

— Je suis malade, gémit mon frère avec un air affligé, en repliant le livre sur sa tête. Pourquoi c'est pas papa qui reste à la maison plutôt que toi?

— Parce que c'est papa qui rapporte l'argent à la maison.

Je me tais; des bruits de vaisselle proviennent de la cuisine. Vinnie est en train de se préparer un sandwich.

— À l'avenir, tu réfléchiras avant d'avaler un pot complet de beurre d'arachide. À cause de toi, je manque une journée d'école.

Vinnie entre dans le salon, la bouche pleine.

— Fous-lui un peu la paix.

— Tu n'es pas censé être à l'école, ce matin, toi? lui rétorqué-je.

— Sans toi, on s'embête à l'école. Du reste, tu t'ennuierais de moi. T'en veux? reprend-il en brandissant son sandwich.

Je secoue la tête et je me penche pour ramasser le journal du matin. Vinnie m'attrape par la taille et m'attire sur le sofa à côté de lui.

— Arrête, Vinnie. J'ai des choses à faire. Je vais monter.

Je lui flanque un coup de poing pour me dégager de son étreinte.

— Vous pensez être capables de ne pas faire de bêtises, vous deux?

Ils se regardent en souriant. J'entends un bruit sourd tandis que je monte l'escalier jusqu'à ma chambre. J'espère bien qu'ils se sont mis knock-out. La robe que j'ai sortie de mon placard ce matin est étalée sur le lit. Avant, cette pièce servait d'atelier de couture à ma mère; à présent, c'est ma chambre. Sa machine à coudre est dans un coin. C'est la seule chose que j'ai gardée d'elle. Je me mets au travail. Je coupe, faufile, couds les côtés de la robe pour l'ajuster à ma taille. Quinze minutes passent, puis j'entends un bruit. Je lève les yeux.

— Attrape!

Je lève automatiquement les bras vers le plafond et ma main se referme sur la balle.

— Je n'ai pas le temps, dis-je en renvoyant la balle à Vinnie.

Il l'attrape et entre dans ma chambre.

— C'est la robe que tu as empruntée à Gina?

— Mmm... marmonné-je, des épingles entre les dents.

— Tu devrais t'en acheter une.

— Pas les moyens.

Je jette un coup d'œil au sandwich qu'il tient à la main tandis qu'il se dresse au-dessus de moi et me regarde travailler.

— Tu laisses tomber des miettes sur le plancher.

— Désolé.

— Comment peux-tu manger autant et rester aussi maigre?

Mes ciseaux tombent par terre.

— Question de métabolisme.

Il ramasse les ciseaux, me les tend et se dirige vers le lit.

— Nous allons former un couple épatant, toi en bleu et moi en noir.

Il s'asseoit, éparpille mes toutous.

— Tu sais, ça me rappelle la fois où nous nous sommes endimanchés et avons fait irruption dans cette noce au Buffet Louis XV. Tu t'en souviens?

— Il y a longtemps de ça.

Je regarde ma montre.

— C'est l'heure de la récré. Si tu y retournes maintenant, personne n'aura remarqué ton absence.

— Bel effort.

Il saute de mon lit et va observer la toile posée sur mon coffre de cèdre.

— As-tu décidé quel tableau tu vas exposer, cette année?

— Je ne participe pas à l'exposition.

— Pourquoi? Tu exposes chaque année.

— Je n'ai rien créé de nouveau.

— Tu as concentré tes énergies sur Sam.

Il me regarde de côté, l'air sarcastique, puis il choisit un livre dans ma bibliothèque et s'installe sur le lit.

— J'aime les filles qui cultivent.

— Qui *se* cultivent.

— Ça aussi.

Je lui tends la robe.

— Comme tu as l'intention de me coller après toute la journée, au moins rends-toi utile.

Il fronce les sourcils.

— Je dois faire l'ourlet, expliqué-je.

— Pas question que je mette ce truc, proteste-t-il, les yeux écarquillés, en se levant.

Je passe la robe par-dessus sa tête. Il baisse la tête, son bras fend l'air, me faisant perdre l'équilibre. Je tombe sur lui, saisis sa jambe pour l'empêcher de s'enfuir. Sa tête heurte le sol. Il ferme les yeux.

— Tu vois des étoiles? demandé-je en lui touchant le front.

Il ouvre les yeux.

— Non, un ange.

Le téléphone sonne. Vinnie se précipite pour répondre.

— Résidence D'Angelo. Vous les zigouillez, nous les enterrons.

Je le regarde fixement, faisant le geste de me trancher la gorge. J'ai peur que ce soit l'école.

— C'est Roméo, m'annonce Vinnie en me tendant l'appareil.

— Sam?

Vinnie produit des sons étouffés dans mon dos. J'ai de la difficulté à l'entendre.

— ... Mon frère est malade... Quoi?... Samedi?... Parfait, dis-je en regardant Vinnie.

Une sonnerie aiguë retentit, indiquant la fin de la récréation.

— Alors? demande Vinnie en tournant autour de moi après que j'ai raccroché. Comment va Roméo? Il ne te lâche plus depuis quelque temps.

Je ramasse la robe.

— Sam va bien. Tu sais de quoi tu as besoin, Vinnie?

— Non.

— D'une petite amie.

— J'en ai une, répond-il en me caressant le nez.

— Tu comprends ce que je veux dire, continué-je en repoussant sa main. Francine n'est pas la seule fille qui a l'œil sur toi. J'en connais quelques autres. C'est seulement à cause de toi qu'elles me fréquentent.

— Ma meilleure amie est une fille. Qu'est-ce qu'un gars peut désirer de plus?

— Ce n'est pas la meilleure façon d'attirer les filles.

— Elles me trouvent toujours séduisant.

— Tu veux dire chanteur de pomme?

— Je les fais rire.

— Tu es idiot.

— Ouais, mais combien de gars feraient ça pour toi?

Il lève les bras tandis que je passe la robe par-dessus sa tête.

— C'est pour ça que je recherche ta compagnie.

5

Samedi soir. Mon père m'arrête dans le couloir au moment où je m'apprête à descendre l'escalier.

— Tu es bien jolie, dit-il en regardant ma robe.

Mes talons claquent sur les marches qui conduisent au salon. Vinnie et Bennie sont assis sur le sofa. Ils me regardent, puis se regardent, puis me regardent à nouveau.

— Eh bien, siffle Vinnie. Tu n'étais pas obligée de te faire si élégante pour moi.

— Ce n'est pas pour toi.

J'ai la gorge sèche. Je me dirige vers la cuisine pour boire un verre d'eau. J'entends Bennie chuchoter que j'ai un rendez-vous. Je n'ai plus soif. Je m'aperçois que je cherche un prétexte pour gagner du temps. Je surprends mon père qui fait un petit signe de la main à Bennie. Mon frère le suit et je me retrouve seule avec Vinnie.

— Comme ça, commence-t-il en tapotant le canapé à côté de lui, tu sors avec Roméo, ce soir?

Je m'asseois près de lui. Il pose la main sur mes épaules, joue avec les bretelles de ma robe. Je repousse ses doigts.

— Sam va arriver dans quelques minutes.

Il fronce les sourcils. J'allume la télé. Je peux sentir son regard sur moi.

— Tu as mis trop de rouge à lèvres.

— Ça me plaît comme ça.

— Où est-ce que vous allez?

— Au cinéma.

— Tu savais que je ne travaillais pas ce soir. Je pensais que nous irions jouer aux quilles ou autre chose, comme d'habitude.

— Sam m'a invitée à sortir et j'ai accepté.

— Pourquoi ne m'en as-tu pas parlé?

On sonne à la porte. J'en profite pour éviter de répondre à sa question. Je me lève en vitesse, ma jupe s'accroche dans mon talon, mais la robe ne se déchire pas.

— Désolé, je suis en retard. Des ennuis avec la voiture, explique Sam.

Je l'invite à entrer. Il s'essuie les pieds sur le paillasson, salue Vinnie d'un signe de tête et s'avance sur le parquet de bois. Il a vraiment fière allure avec son chandail de cachemire et son pantalon gris bien coupé. Je sens Vinnie qui l'observe dans mon dos.

— Je suis prête. Je vais juste chercher un chandail, dis-je.

— Le voilà, coupe Vinnie en se levant et en me tendant le pull qui était près de lui sur le canapé.

Il me presse les doigts au moment où je le prends.

— Tu es très belle.

Il se penche vers moi et m'embrasse sur la joue. Il me regarde dans les yeux, puis se tourne vers Sam comme s'il le voyait pour la première fois.

— Surtout, n'oublie pas de lui acheter du maïs soufflé. Elle raffole de ça.

Il donne à Sam une petite tape sur le bras, puis sort dehors.

— Je ne suis pas sûr d'avoir saisi, fait remarquer Sam en levant les yeux vers moi.

— Attends-moi une minute, dis-je d'une voix étranglée.

Il hoche la tête. Je sors de la maison et traverse la rue. Vinnie est assis dans le camion de son grand-père. Il ramasse un chiffon sur le plancher et se met à nettoyer le rétroviseur. Je monte dans le camion et claque la portière.

— Je te demande pardon. J'aurais dû te le dire.

Il continue à frotter silencieusement le miroir.

— Tu aimes ce type? demande-t-il finalement.

— Je crois que oui. Pourquoi?

— De quelle façon? Vous allez sortir ensemble régulièrement?

Il s'appuie contre la vitre de sa portière, comme s'il voulait mettre toute cette distance entre nous.

— Non.

— J'aurais cru le contraire.

— Et alors? Qu'est-ce que ça change entre toi et moi?

— Ça change tout. Pourquoi ne m'as-tu pas dit que tu le voyais, ce soir?

— Peut-être parce que je savais que ça ne te ferait pas plaisir.

Il me regarde, secoue la tête, puis se penche devant moi pour ouvrir la portière et attend que je descende. Je sors, contourne le camion et vais me placer devant sa portière dans l'espoir qu'il me dise quelque chose. Il se tait. Il démarre, me laissant seule au milieu d'un nuage de fumée qui se dégage du tuyau d'échappement. J'ai le cœur serré. Je croise les bras pour faire cesser cette sensation. Sam surgit derrière moi, pose la main sur mon épaule. J'avais presque oublié sa présence.

— Ça va?

— Bien sûr.

Il m'entraîne vers sa voiture, ouvre la portière. Je me sens différente, précieuse, en me glissant sur la banquette avant. Sam fait le tour du pâté de maison, puis se gare en face de la piste de course. Je me tourne vers lui. Il m'entoure les épaules de son bras, m'attire contre lui. Il m'embrasse, puis, constatant mon absence de réaction, il s'éloigne de moi.

— Quelque chose ne va pas?

Je me cale dans mon siège et fixe le tableau de bord.

— Tu me plais, Perri. Je pensais que, toi aussi, tu m'aimais bien.

— Je t'aime bien, mais...

— Mais quoi? Il y a quelque chose entre Vinnie et toi?

— Bien sûr que non! protesté-je.

— Je me demande pourquoi tu le fréquentes, d'ailleurs. Qu'est-ce qu'une fille brillante comme toi fait avec un clown pareil? C'est un perdant, tout le monde sait ça.

— C'est mon ami. Je l'ai connu bien avant de te rencontrer.

— Excuse-moi. C'était mesquin de ma part, dit-il d'un ton radouci.

Sa main remonte le long de mon bras jusqu'à mon cou. Il m'attire de nouveau contre lui. Je le repousse.

— N'agis pas comme une allumeuse, chuchote-t-il dans mon oreille.

J'ouvre aussitôt la portière de la voiture.

— Perri, attends!

Il m'attrape par la taille.

— Tout ce que je voulais, Sam, c'était voir un film.

— D'accord. Reviens... Je t'en prie.

J'hésite.

— Un film, rien d'autre. Promis, dit-il.

Je remonte dans la voiture et il démarre.

Le film est interminable. Peut-être parce que je l'ai déjà vu avec Vinnie. L'écran géant se transforme en une toile qui bouge et sur laquelle se dessine mon enfance. Je vois Perri et Vinnie assis sur la branche d'un arbre, en train de s'embrasser. Nous avons le ventre plein de pommes. Nous nous enfuyons parce que le vieil homme nous court après. Maman nous attend. Elle nous gronde parce que nous sommes malades et qu'elle est obligée de nous tenir la tête au-dessus de la cuvette de la toilette. Mais, dans notre for intérieur, nous savons qu'elle rit. Mon père téléphone à la mère de Vinnie et elle accepte que son fils passe la nuit chez nous. Plus tard ce soir-là, nous descendons au rez-de-chaussée à pas de loup. Ma sœur est assise sur le canapé avec son nouvel ami. Il s'appelle Léo, je pense. Gina et Léo assis sur la branche d'un arbre en train de s'embrasser.

Le film est terminé. En route vers la maison, nous nous arrêtons pour prendre un café avec des beignes.

Ensuite, Sam me raccompagne chez moi. Je ne lui propose pas d'entrer. Il ne semble pas surpris.

La lumière est allumée dans la cuisine. Assis à la table, mon père lit une circulaire.

— Ce n'était pas nécessaire de m'attendre, papa.

J'enlève mon chandail, le dépose soigneusement sur le dossier d'une chaise.

— Pouvais pas dormir. Maudit estomac, répond-il en italien.

— Un peu de thé te fera peut-être du bien.

Je remplis la bouilloire d'eau et la pose sur la cuisinière.

— Comment était le film?

— *Bene.*

— *Bello ragazzo, quello Sam.* Il ira au collège?

— Oui.

— Je suis peut-être vieux, mais ça m'empêche pas de voir les choses... Vinnie et toi... *Cos'è successo?*

— Tu nous connais, dis-je en souriant. Nous sommes toujours en train de nous chamailler. Comment pourrions-nous nous entendre autrement.

— Tu vas toujours chez Gina demain?

— Oui.

Mais je n'en suis soudain plus aussi sûre.

— Il est tard.

Il repousse la chaise derrière lui, se lève en prenant appui sur ses mains.

— Tu dois être fatigué, papa?

— *Sì.* Toi aussi, tu devrais aller te coucher.

Il me tourne le dos. Il est rendu au milieu du salon lorsque je l'arrête.

— Viens avec nous, papa. Cela ferait plaisir à Gina.

Je sais que je parle dans le vide. Il a déjà fini de monter l'escalier, feignant de ne pas m'avoir entendue.

Une fois dans ma chambre, je sors mon chevalet, mélange mes couleurs. Par la fenêtre, je regarde dans la cour. J'ai parfois l'impression que je nous vois tous, assis autour de la table à pique-nique — quand nous formions une vraie famille, avec maman et Gina.

Je dessine rapidement. Une jeune fille assise sur le seuil d'une porte, la tête inclinée, entourant de ses bras son ventre gonflé. Elle est pieds nus, ses ongles d'orteils sont peints en rouge. Une poignée de porte brisée gît sur le trottoir craquelé. Il est trop tard pour commencer à peindre. À présent, je vais pouvoir dormir.

6

— Laisse ça.

Ma sœur me prend les tasses des mains et les replace sur l'égouttoir.

— Elles vont sécher toutes seules.

— Ça m'est égal, tu sais. D'ailleurs, je préfère rester ici à bavarder avec toi que regarder le match de football.

Je me tourne vers le salon où Vinnie, Bennie et mon beau-frère Paul sont blottis devant la télé.

— J'ai tellement hâte que le bébé soit né, dis-je en tirant une chaise pour Gina.

— Tout devrait bien se passer, cette fois, soupire-t-elle en s'assoyant, jambes allongées. Tu pourras dire à papa que celui-ci, je ne le perdrai pas.

— Ne le juge pas sévèrement, Gina. Tu lui as vraiment fait mal. Tu as quitté la maison pour aller vivre avec un gars qui n'était pas italien. Tu t'es retrouvée enceinte et ce type t'a laissée tomber. Ce n'était pas facile à accepter. Surtout pour maman. Elle n'a jamais cessé d'espérer ton retour. Même après que tu as perdu le bébé.

— On ne peut retourner en arrière, Piera.

Elle fixe un point invisible sur le mur en repensant au passé.

— Est-ce qu'il lui arrive de parler de moi?

— Il m'a demandé quand doit naître le bébé. Et si Paul te traite bien.

— Pourquoi faut-il qu'il soit si têtu et si orgueilleux?

Elle saisit le paquet de cigarettes sur la table et déchire fébrilement l'emballage de cellophane.

— Il dit la même chose de toi.

Je lui prends le paquet des mains et lui offre en échange une tablette de chewing-gum que j'ai dans ma poche.

— Est-ce qu'il boit toujours?

Je hausse les épaules sans me donner la peine de répondre.

Gina m'observe en ramassant distraitement des miettes invisibles sur la table.

— Tu sais, si tu es acceptée aux Beaux-Arts, tu devras vivre sur le campus. C'est trop loin pour que tu fasses l'aller-retour chaque jour. Nous avons une grande maison. Pourquoi ne viendrais-tu pas t'installer ici? Tu aurais ta chambre à toi. Il y a une école secondaire pour Bennie, et...

— Ne recommence pas avec ça, Gina. Je ne le quitterai pas.

Mon regard la fait taire.

— Papa n'est pas bon pour toi, reprend-elle.

— Tu disais la même chose de Vinnie.

— C'est différent. Papa va finir par se tuer.

— Il nous a bien élevés. Tu n'as rien à lui reprocher. C'est toi qui as tout gâché.

Gina se rejette en arrière sur sa chaise, toute blanche soudain. Elle agrippe la table d'une main, pose l'autre sur son ventre.

Je viens pour la prendre dans mes bras. Je ne saurais dire laquelle de nous deux est la plus pâle.

— Pardonne-moi. Je ne voulais pas dire ça.

— Il m'a donné un coup de pied, explique-t-elle avec un sourire contraint.

— Mes paroles ont dépassé ma pensée.

— Non. J'ai commis des erreurs et je dois en payer le prix. Tu ne peux pas le sauver, Perri. Il est en train de se tuer. L'un de vous deux souffrira dans peu de temps.

— Je ne peux pas le laisser.

On frappe.

— Je ne veux pas me montrer indiscret, dit Vinnie qui se tient gauchement dans l'embrasure de la porte, mais nous sommes en manque de croustilles.

— L'étagère du haut, à droite, répond Gina en faisant un signe avec la tête.

Il se dirige vers les armoires, en ouvre une, trouve ce qu'il était venu chercher et sort sans jeter un regard en arrière.

— Il n'a pas l'air dans son assiette, remarque Gina, une fois que Vinnie est sorti. Tout va bien entre vous?

— Pourquoi me demandes-tu ça?

— Vous vous êtes à peine adressé la parole pendant le repas. Vous ne vous disputez pas encore à propos du collège?

— Nous voulons tous les deux aller au Canadian Pacific.

— Vinnie au collège? demande-t-elle en secouant la tête. C'est comme mettre un tigre en cage. Il est trop agité. Tu ne veux plus aller aux Beaux-Arts?

— Trop cher.

— Il y a l'argent de maman. Tu ne pouvais pas t'en servir?

— J'ai fait mon choix.

— Le mauvais, de toute évidence.

— Tu parles comme Vinnie.

— Il sait reconnaître ce qui est bon.

— Au fond, tu l'aimes vraiment, n'est-ce pas?

— Tu penses que je l'inviterais à dîner si je ne l'aimais pas? Quoi qu'il en soit, il t'amène ici dans un seul morceau, me taquine-t-elle.

— Je n'étais pas sûre que nous viendrions aujourd'hui, avoué-je.

— Vous vous êtes donc disputés?

— Pas vraiment. Tu te souviens de Sam?

— Oui, l'Espagnol.

— Je suis sortie avec lui quelques fois. Vinnie n'était pas content. Je ne comprends pas pourquoi. Il vient me chercher tous les matins, nous allons à l'école, je le vois aux récréations et à l'heure du lunch. Il m'attend à côté de son camion à la fin de la journée. Il est toujours là. Et quand il n'est pas là, je sais habituellement où le trouver. Rien n'a changé.

— Jusqu'à maintenant, dit ma sœur en souriant, comme si elle savait ce qui se passe et le comprenait. À présent, il y a quelqu'un de nouveau dans le décor et Vinnie sent peut-être qu'un jour, tu n'auras plus besoin qu'il t'attende, que tu n'auras plus besoin de savoir où le trouver. Comprends-tu, Perri...

Les paroles de ma sœur tournent dans me tête. Sur le chemin du retour, c'est à peine si Vinnie m'adresse la parole. Une fois devant la maison, je dis à Bennie d'entrer sans moi.

Vinnie regarde d'un air absent à travers le pare-brise, puis il allume la radio. Je l'éteins. Je me tourne vers lui.

— Qu'est-ce qui nous arrive?

— Je ne sais pas, soupire-t-il, le front sur le volant. Avant, nous parlions, tu me racontais ce qui se passait. Tu as changé.

— C'est faux. D'accord, je suis sortie avec Sam une fois ou deux.

— Je ne me rappelle pas que tu te sois jamais habillée comme ça pour moi. Tu as même commencé à te maquiller, toi qui as toujours eu horreur du maquillage. Ah! Perri, ce n'est pas seulement Sam, soupire-t-il. Avant, nous projetions de partir pour Vancouver. J'aurais pêché et, toi, tu aurais peint l'océan. À présent, je n'entends plus parler que du Canadian Pacific et de Sam. J'ai l'impression que tu n'as pas vraiment envie de partir, cet été.

— Est-ce que ce serait une si mauvaise idée? Pourquoi ne resterions-nous pas en ville, cet été, pour travailler et mettre un peu d'argent de côté?

— Je vois ce que tu veux dire. Tu ne veux plus partir. Pourquoi ne me l'as-tu pas dit? Nous planifions ce voyage depuis que nous avons douze ans. C'est notre dernier été, Perri.

— Nous n'étions alors que des enfants. Les choses ont changé.

— Ouais, vraiment changé. Nous avions coutume de faire des choses, de nous amuser. Tu te rappelles notre jeu? Tu fermais les yeux et j'essayais de deviner ce que tu voyais. Tu me le décrivais, afin que je puisse le voir, moi aussi. À présent, tu fermes les yeux et tu vois quelque chose qui me reste invisible. Tu sais ce qui me fait le plus peur? ajoute-t-il en fermant les yeux.

— Non.

— Je ne suis pas sûr d'avoir envie de le voir.

Je voudrais lui dire de ne pas s'inquiéter, mais ce sont d'autres paroles qui sortent de ma bouche.

— Vinnie, dis-je, tu n'es pas obligé d'aller au collège si tu n'en as pas envie. Mais il faut que tu songes à l'avenir. Tu dois faire quelque chose.

— Je ne sais pas ce que je veux. Je ne suis pas brillant comme toi.

— C'est une mauvaise excuse.

— Quelle est la tienne? Tu renonces à la peinture pour aller t'ennuyer dans un bureau.

— Je ne sais pas pour toi, mais moi, je ne connais pas beaucoup d'artistes riches. Tu penses que je vais gagner ma vie en vendant une toile ou deux, rue Sainte-Catherine? Mon père va prendre sa retraite dans deux ans. Il faut payer la maison. Quelqu'un doit veiller sur Bennie.

— Tu parles comme si tu avais quarante ans. Tu t'en fais trop.

— Et toi, tu te fiches de tout. Je veux des choses, Vinnie.

— Tu veux dire que tu veux un gars comme Sam. Tu veux qu'il te promène dans sa belle bagnole, tu veux porter des vêtements élégants et finir probablement par travailler dans un bureau bien confortable pour un imbécile ennuyeux et autoritaire qui se prend pour un professionnel.

— Non, ce que je veux, c'est une maison à moi.

J'ai envie de porter d'autres vêtements que ceux qu'on me donne parce qu'on n'en veut plus. Je veux pouvoir porter une vraie robe au bal des finissants. Est-ce trop demander?

— Non, j'imagine que non.

— Je déteste les problèmes d'argent. Nous avons toujours eu des problèmes financiers. Ce n'est pas avec mes tableaux que je vais payer les comptes.

— Peut-être pas. Mais je vais te dire une chose: je t'ai regardée peindre. J'ai observé ton visage. Tu vis dans tes couleurs. Ton âme est dans ces tableaux.

Je ne trouve rien à lui répondre.

— Pourquoi faut-il que tu sois la meilleure en tout? Pourquoi veux-tu toujours tout prévoir? continue-t-il en secouant la tête comme il le fait toujours quand il sait que je ne veux pas l'écouter.

— De quoi tu parles? soupiré-je.

— J'entends ce que tu dis dans ta petite tête. Ne laisse pas dépasser les fils. Ne laisse aucun espace vide. De quoi as-tu peur?

— Depuis quand t'es devenu mon psy?

— Je ne me rappelle pas que nous ayons jamais été aussi loin l'un de l'autre. Et toi?

— Non, dis-je en posant ma tête sur son épaule.

Il m'attire contre lui.

— Tu seras quelqu'un, un jour, affirme-t-il.

On dirait qu'il chuchote, qu'il me parle de très loin. Je ferme les yeux pour les reposer un peu. Lorsque je les rouvre, j'ai un serrement de cœur. La silhouette voûtée qui titube vers la maison, c'est mon père.

— D'où vient-il? demande Vinnie.

— Du bar Chez Mario.

— Viens, dit-il en ouvrant la portière. On va l'aider à entrer.

Mon père s'appuie sur nos épaules. Il tente de reprendre son équilibre tandis que nous l'aidons à monter sur le perron.

— Alors, vous vous êtes bien amusés, les enfants?

— Oui, papa.

— Dis donc, Vinnie, quand est-ce que tu vas te faire couper les cheveux? Tu commences à ressembler à une fille.

— Ne me dites pas que vous êtes jaloux, M. D'Angelo.

— J'aimerais avoir de nouveau ton âge.

Il fouille dans ses poches à la recherche de ses clefs.

— Ne rentrez pas trop tard.

— Je crois que je ferais mieux d'y aller, moi aussi, dit Vinnie après que mon père a fermé la porte derrière lui. Ça ira? poursuit-il en me frottant les épaules.

Je hoche la tête, pose la joue sur sa main.

— Merci.

— De quoi me remercies-tu?

— D'être là.

— N'importe quand.

— Je te verrai demain matin.

— Compte sur moi.

7

Aujourd'hui, M. Jennings m'arrête dans le corridor alors que je me dirige vers ma classe.

— Peux-tu venir dans mon bureau, Piera?

— Mais je vais être en retard à mon cours.

— Ma secrétaire te donnera un billet.

Il insiste, ne me laissant pas d'autre choix que de le suivre. Nous entrons dans son bureau. Il referme la porte. Je remarque qu'il ne s'asseoit pas et qu'il ne m'invite pas à le faire.

— J'ai parlé avec le coordonateur du département d'administration. Ils n'ont jamais reçu vos demandes d'admission.

— C'est impossible. Nous les avons remplies à la dernière minute. Vinnie est allé les porter... en... personne.

Vinnie? Aurait-il fait ça? Je me rappelle soudain toutes nos discussions, comment il a essayé de me convaincre.

M. Jennings arbore la même expression que moi. Pas difficile de comprendre ce qu'il pense.

— Je crois que tu devrais avoir une conversation avec quelqu'un, suggère-t-il gentiment.

Je veux seulement sortir d'ici. J'ai dû marmonner

quelque chose. M. Jennings n'essaie pas de me retenir. Les corridors sont vides, interminables, silencieux. Je sors.

Le pinceau tremble dans ma main tandis que je couvre la toile de peinture. Noir, blanc et gris. J'ai besoin de travailler sur quelque chose de nouveau. La silhouette d'un enfant assis dans la poussière et qui nettoie, à l'aide d'un vieux balai, un jardin envahi de mauvaises herbes. Un vieillard est assis sur une chaise, les yeux fermés. Je m'aperçois que je noircis les visages, le jardin, le ciel, comme si je voulais tout effacer. On frappe à ma porte. Je consulte ma montre. Je dépose le pinceau. J'ai mal à la main.

— Vinnie est ici, m'annonce mon père.

— Je ne veux pas le voir.

— Tu as tort. Il a l'air d'un gars qui vient de gagner à la 6/49... C'est nouveau? ajoute-t-il en entrant et en jetant un coup d'œil à mon travail.

— Oui.

— Ça me plaît. On l'accrochera dans le salon.

— *Sì.*

Je m'essuie les mains avec un chiffon et je descends l'escalier à la suite de mon père. Vinnie est assis dans les marches devant la porte. Il se lève vivement en entendant la porte claquer.

— Où étais-tu? Je t'ai attendue jusqu'à 4 heures 30. Peu importe. Voilà.

Il fouille dans la poche de son blouson.

— C'est arrivé par la poste aujourd'hui.

Il me tend des documents: une carte routière et une liasse de brochures sur la Colombie-Britannique.

— Regarde. Tout est là. J'ai calculé le kilométrage

et tout. J'ai même griffonné quelques adresses d'endroits où on pourra... Mais qu'est-ce que tu as? demande-t-il en examinant mon visage.

— Pourquoi, Vinnie?

— Pourquoi quoi?

— Tu n'es jamais allé porter nos formulaires, n'est-ce pas?

Il recule, appuie sa tête contre la balustrade.

— Tu le sais?

— Oui.

— Comment l'as-tu appris?

— M. Jennings a téléphoné au collège. Ils ne les ont jamais reçus.

— J'allais t'en parler.

— Quand? Pensais-tu que je ne l'apprendrais jamais?

— C'est pour toi que je l'ai fait.

— Non, tu n'as pensé qu'à toi.

— Je ne pouvais t'imaginer passant ta vie enchaînée à un bureau à brasser de la paperasse. Tu es faite pour peindre.

— Nous ne sommes plus en sixième année. Ce n'est pas drôle. C'est avec mon avenir que tu as joué. Tu te fiches peut-être du tien, mais ce n'est pas mon cas. Tu crois que j'ai envie de finir comme toi?

— Qu'est-ce que c'est censé vouloir dire? demande-t-il, des plaques rouges apparaissant sur son visage.

— Tu ne vas nulle part. Tu te fous de tout. Cela ne suffira pas toujours d'être mignon et amusant. Quand vas-tu te décider à grandir?

Mes paroles le blessent, je m'en rends compte en voyant son expression.

— Pourquoi ne m'as-tu pas dit que tu ne voulais pas aller au collège?

— C'est à cause de toi que j'ai terminé le cours secondaire. Ta sœur a raison. Je ne sais pas ce que je veux. Mais une chose est sûre: je sais ce que je ne veux pas. Je ne veux pas aller au collège, renoncer à mon idéal ni à ce que je crois.

— Tu n'as pas d'idéal, dis-je avec un rire amer. Tu ne crois en rien.

Il s'éloigne, les mains agrippées à la rampe. Je veux l'arrêter. Impossible. Il est sur le trottoir. Il se tourne, me regarde en face.

— Je croyais en toi, dit-il.

8

Est-ce que des semaines ont passé? Je ne pensais pas que ce serait aussi douloureux, mais c'est comme ça. De les voir ensemble ce matin, blottis l'un contre l'autre sous l'arbre. Francine m'a adressé un petit signe de la main. J'ai répondu par un sourire contraint. Vinnie l'a attirée contre lui. Ils se sont embrassés. Je l'ai détesté; j'ai dû tourner le dos.

— Charmant petit couple.

Sam m'avait prise dans ses bras, comme s'il avait peur de me voir disparaître.

— Oui.

Je n'ai rien trouvé d'autre à répondre. Sam m'a forcée à le regarder.

— Mais il a tout un tempérament. Tu as vu cette bagarre hier matin Il a pratiquement arraché la tête de son adversaire.

— Je sais, marmonné-je, me rappelant dans quel état était ce dernier, une lèvre fendue, saignant du nez.

Vinnie lui avait jeté un regard méprisant, puis il avait levé la tête et m'avait regardée fixement. Je ne pensais pas qu'il m'avait vue dans la foule, mais je m'étais trompée. Et j'avais soudain senti que tout cela m'était destiné. Cette rage, cette haine s'adressaient à moi. Quelqu'un, près de moi, m'avait demandé ce qui se passait. J'avais répondu que je n'en savais rien, que je n'avais pas envie de le savoir. Et je m'étais enfuie en courant, yeux et cœur fermés...

Nous mangeons en silence, ce soir. Mon père m'observe attentivement.

— Je t'ai déjà dit de ne pas lire à la table, Bennie.

Je cache mes émotions derrière des paroles mordantes.

— Laisse-le, interrompt mon père en remplissant son verre de vin. Il deviendra peut-être un avocat, un jour.

— C'est vrai, approuve Bennie en me faisant des pieds-de-nez. C'est la soirée des parents à la fin du mois, ajoute-t-il en se tournant vers papa.

Le visage de mon père s'assombrit immédiatement.

— Tu as des ennuis? demande-t-il.

— Non.

— Alors, pourquoi est-ce que je dois y aller? reprend mon père en me regardant.

— C'est obligatoire, papa, dis-je.

— Je m'exprime mal en anglais.

— Je ne peux pas te remplacer cette fois, papa. Il faut que je prépare mes examens, m'empressé-je de préciser.

— Qu'est-ce qui ne va pas, Piera? Pourquoi fais-tu cette tête?

— Elle s'est querellée avec Vinnie, explique vivement Bennie.

— C'est vrai, ça? Je ne le vois plus.

— Oui, dis-je en commençant à débarrasser la table.

— Qu'est-ce qui s'est passé?

— Rien.

Je fais couler de l'eau dans l'évier dans l'espoir de noyer les questions.

— Piera, arrête de laver la vaisselle. Tu feras ça plus tard. J'ai quelque chose à te dire.

Je m'asseois. Mon père recommence sa litanie habituelle. Il me parle d'acheter un camion, de mettre sur pied une entreprise de jardinage. Je n'écoute pas parce que, chaque fois, il arrive avec un nouveau projet pour lequel nous n'avons pas d'argent. Quand il a fini, je monte à ma chambre et j'essaie de terminer mon océan. Les couleurs sont parfaites, les vagues, réelles. Je les sens qui se ruent sur moi. Je respire avec difficulté, mes mains tremblent pendant que je travaille. Lorsque je regarde de nouveau ma toile, je vois de petites lignes surgissant de l'eau pour former un, non, deux corps... s'avalant l'un l'autre.

9

Nous avons un bon public, ce soir. L'école a eu la brillante idée de tenir l'exposition dans la cafétéria plutôt que dans l'auditorium comme l'an dernier, ce qui a permis d'exposer davantage d'œuvres. Quelques-uns de mes confrères de classe et de mes professeurs sont venus me demander où était mon tableau. Je leur ai donné l'explication que j'avais préparée. Mon prof de dessin trouve que c'est préférable ainsi, puisque cela donne à quelqu'un d'autre la possibilité de se mettre en valeur.

J'ai perdu Sam de vue. Pour éviter de nouvelles questions, je me réfugie aux toilettes. Francine est là. Je la salue. Elle marmonne une réponse, fait comme si le contenu de son sac à main avait soudain pris de l'importance. J'entre dans une cabine. Quand j'en sors, elle a disparu. Elle a dû venir avec Vinnie.

De retour à la cafétéria, je parcours la salle des yeux à la recherche de Sam. Il doit se trouver dans la section photographie. Je longe la table des sculptures, contourne les panneaux où sont suspendues les photos, certaines en noir et blanc, d'autres en couleurs, puis je m'arrête brusquement. Sur la photo suivante, une fille me dévisage.

Elle a treize ans, elle essaie une robe deux fois trop grande pour elle tandis que sa mère lui sourit, du fil et une aiguille à la main. La même fille, tenant un pinceau dans une main et un crayon dans l'autre. Elle est penchée sur une toile vierge posée sur ses genoux comme si elle y voyait quelque chose qui me reste invisible. Sur les autres, elle est plus âgée. La voici assise dans les gradins, les coudes sur les genoux, le menton dans ses paumes, l'air de s'ennuyer. Sur celle-là, elle se chamaille avec son frère, les joues rouges et les yeux brillants. Il y en a d'autres où sont exprimés différents états d'âme, mais c'est en regardant la dernière que mon cœur se serre. La fille est adossée à un mur de briques; le regard au loin, elle attend quelqu'un, elle attend. Il a intitulé cette collection de photos *Ma meilleure amie*. Toutes ces photos me représentent. Et je n'ai posé pour aucune d'entre elles. Il les a toutes prises à mon insu.

Mes yeux s'embuent. Je les frotte. Je ne veux pas qu'on me voie. Lorsque je retire mes mains, je l'aperçois, à demi dissimulé derrière un panneau. Il fait un pas en arrière, mais mon regard le retient. C'est seulement lorsque je baisse les yeux qu'il disparaît. Les photos semblent se refermer sur moi, comme une douleur qui refuse de s'apaiser.

10

— Mais qu'est-ce que tu lui as fait? insiste mon frère tandis que nous traversons la rue.

Une voiture rouge est garée devant la maison de Vinnie, probablement celle de Max. Elle est là depuis une semaine.

— Cela ne te regarde pas, rétorqué-je.

— Tu n'aurais pas pu attendre l'été avant de te disputer? Maintenant, il faut qu'on marche trois rues pour aller à l'école. Tu passes devant chez lui chaque matin. Et il n'est jamais là. Si tu veux tomber sur lui, pourquoi n'y vas-tu pas plus tôt?

Parce que je veux me torturer.

— Tais-toi, Bennie.

L'école de Bennie se trouve à un pâté de maisons de la mienne; je fais le reste du chemin seule, ce qui me permet de réfléchir. Je ne suis pas encore capable de m'y habituer — à marcher toute seule. Arrivée à l'école, je cherche son camion sur le terrain de stationnement. Depuis cinq jours, pas de camion, pas de Vinnie. Des rumeurs ont circulé dans l'école: il est malade, il a été expulsé. Je me ronge d'inquiétude.

En classe, Francine m'ignore. Toute cette histoire

la bouleverse sans doute autant que moi. À l'heure du lunch, je me retrouve assise à côté d'elle.

— Salut! dit-elle en souriant nerveusement.

— Comment ça va?

— Très bien.

Elle contemple sa nourriture, laisse accidentellement tomber sa fourchette. Je la ramasse et la lui redonne.

— J'espère que rien n'a changé entre nous, Perri. Nous sommes toujours amies?

— Bien sûr, affirmé-je, sachant que c'est un mensonge.

— Je n'ai jamais rencontré un gars comme Vinnie.

— Il est spécial, Francine. Ne lui fais pas de mal, dis-je avant d'avoir eu le temps de réfléchir à mes paroles.

— Lui faire mal? s'écrie-t-elle en me regardant comme si j'étais devenue folle. Il m'a plaquée!

— Je ne comprends pas.

Je ris, même si ce n'est pas drôle.

— Tu es tout un numéro, toi, tu sais. Je me demande lequel de vous deux est le plus fou: toi, de ne rien voir, ou lui, de t'aimer. Si quelqu'un lui a fait mal, c'est bien toi.

— Tu ne sais pas de quoi tu parles.

— Tu as raison. Je ne sais pas ce qui s'est passé entre vous. Quoi qu'il en soit, c'était sûrement très grave. Assez pour qu'il décide de quitter l'école. Oh! Moi aussi, j'ai entendu les rumeurs, Perri. Il n'est pas malade. Il n'a pas été mis à la porte. Il a décroché.

— Décroché?

— Vendredi dernier, je l'ai attendu à l'extérieur du bureau du directeur. J'ai essayé de discuter avec lui. Il a tout simplement abandonné les études. Et ce n'est ni à cause de la bagarre ni à cause de son grand-père.

— Son grand-père?

Je voudrais cesser de répéter tout ce qu'elle dit.

— Tu ne le savais pas Il est mort en fin de semaine.

Je cherche une chaise des yeux, pourtant je suis déjà assise.

— Personne ne me l'a dit.

Elle fronce les sourcils. Une chose me frappe alors. Personne n'avait à me le dire. Vinnie est mon meilleur ami: j'aurais dû le savoir.

La mère de Vinnie semble surprise de me voir si tôt l'après-midi. Elle m'invite à entrer, me conduit au salon. Max est vautré sur le canapé. En fin de compte, elle ne l'a pas mis à la porte, je suppose. Il lève la tête, me jette un coup d'œil et reporte son attention sur l'écran de la télé.

Mme Andretti me fait signe de m'asseoir. Elle paraît vieille dans sa robe noire.

— Je suis désolée pour votre père, Mme Andretti.

— Il a eu une bonne vie. Il est mort pendant son sommeil.

— Si je l'avais su plus tôt, je serais venue aux funérailles... Je ne sais pas si vous êtes au courant, poursuis-je en choisissant soigneusement mes mots, mais Vinnie ne s'est pas présenté à l'école de la semaine.

— Je m'y attendais. Il n'est pas rentré à la maison

depuis samedi. Il n'a même pas assisté aux funérailles.

— Quel poseur, ce garçon, grogne Max.

— C'était pourtant un bon bébé. Je n'ai jamais eu de problème avec lui. Maintenant, il ne me cause que des ennuis... Qu'est-ce que tu veux boire? reprend-elle en me tapotant le genou.

— Rien, ça va, je vous remercie.

— Apporte m'en une autre, dit Max en levant sa bouteille de bière à moitié vide.... Tu es plus jolie que dans mon souvenir, ajoute-t-il dès qu'elle est sortie.

J'évite son regard.

— Il a le tour, le jeune. Il sait les choisir.

Il bouge sur le canapé. Je m'éloigne de lui.

— Alors, c'est toi la fille qui a peint tous ces tableaux?

Il fait, du regard, le tour de la pièce et s'arrête sur les trois toiles accrochées au mur de gauche, des œuvres que j'ai peintes il y a quelque temps. L'une représente un paysage de montagne; l'autre, un jardin et la troisième, une ombre noire traversant un parc. C'est comme si je les voyais pour la première fois. Y a-t-il si longtemps que Vinnie m'a invitée ici?

— T'es pas mal bonne.

— Merci.

Mme Andretti est de retour. Je me lève.

— Tu ne t'en vas pas déjà? me demande-t-elle en tendant la bouteille à Max.

— Je dois partir. Si vous voyez Vinnie, continué-je d'une voix hésitante, cherchant mes mots, dites-lui...

Un claquement de porte m'interrompt au milieu

de ma phrase. Des pas se dirigent vers nous. Vinnie fait irruption et sa présence emplit la pièce. Son visage exprime une dureté nouvelle.

— Qu'est-ce que tu fais ici? me lance-t-il.

— Je suis venue présenter mes respects. Je m'inquiétais à ton sujet.

J'ai soudain peur de lui.

— Je suis là, non?

Il passe brusquement devant moi. Max lui agrippe le bras, l'arrête.

— Où penses-tu aller comme ça?

— Je suis venu chercher mes affaires.

— Tu prends cette maison pour un hôtel?

— Lâche-moi. Tu n'as aucun droit sur moi.

Ils se regardent fixement. Vinnie serre les poings, ses phalanges devenues blanches. Mes lèvres remuent en silence: «Ne fais pas ça, Vinnie.» Max le libère. Vinnie passe en coup de vent devant lui, se dirige vers sa chambre. Il revient, le visage livide.

— Où sont mes affaires?

— J'ai tout emballé, explique Mme Andretti en jetant un regard nerveux à Max. Nous pensions que tu ne reviendrais pas.

— Tu ne voulais pas que je revienne. Tout comme tu ne voulais rien savoir de grand-papa.

— C'est faux, proteste Mme Andretti en éclatant en sanglots. Je ne pouvais pas m'occuper de lui.

— C'était un vieillard. Il avait juste besoin de compagnie.

— Et moi, là-dedans? J'ai aussi une vie à vivre. Moi aussi, j'ai besoin que quelqu'un s'occupe de moi.

— Et c'est ça que tu as trouvé? éclate Vinnie en montrant Max d'un geste violent. Qu'est-ce que tu crois? Qu'il va t'épouser? Ils sont combien à t'avoir promis ça?

Sa main ressemble à un couteau devant le visage de sa mère.

— Personne ne veut de toi! Mon père n'a pas voulu de toi!

Mon corps vacille en arrière au son d'une main frappant une joue.

— Comment oses-tu me parler comme ça? Je n'avais que seize ans.

— Ouais.

Avec un rire rauque, Vinnie se frotte la joue.

— Je suis arrivé au mauvais moment. J'ai tout gâché. Mais tu n'as pas pu te débarrasser de moi parce que grand-papa t'en a empêchée.

— Tu ne sais pas ce que tu dis.

— Tu m'as raconté que tu avais divorcé et que mon père était parti dans l'Ouest. Mensonges! Tu n'es même pas capable de te souvenir de lui, pas vrai? C'est pour ça que je n'ai jamais vu de photo. Je le savais. Je l'ai toujours su. De quoi m'a-t-elle traité, déjà, Max? D'erreur. C'est pas ça qu'elle t'a dit, Max? poursuit-il en l'agrippant par les l'épaules.

Celui-ci demeure impassible, le visage blême.

Vinnie fait un mouvement convulsif, ses yeux m'avalent, bleus, gris — de honte. Je voudrais entendre la rage qui l'habite. C'est la première fois qu'il la garde en lui.

— Vinnie...

Je m'approche pour le toucher. Il m'empoigne, lève la main. Je pousse un cri étranglé, lève les bras pour protéger mon visage. Son expression haineuse devient horrifiée. Il me repousse. Je cours à sa poursuite mais je le perds de vue, deux pâtés de maison plus loin.

Il ne me reste plus qu'à rentrer chez moi. Cela semble pourtant trop facile. À cette heure, la piste est déserte. Quelqu'un a cassé l'un des lampadaires. Je retire mes chaussures et je me mets à courir. N'importe quoi pour étouffer la terreur en moi. Le vent rejette mes cheveux en arrière, joue avec les plis de ma robe. Épuisée, je grimpe dans les tribunes, m'allonge sur le bois dur. J'ai moins peur. Je ferme les yeux, j'ignore combien de temps.

Après quelque temps, les lumières du parc s'allument. Il est tard et il fait froid. Une main me touche. Je m'asseois.

— Je ne voulais pas te faire mal, dit-il en refoulant ses larmes.

— Pourquoi ne m'as-tu rien dit, Vinnie? Je pensais que nous étions des amis.

— Toi et moi, nous sommes différents, mais nous sommes complémentaires.

— Qu'est-ce que tu veux dire?

— Je déteste la vérité. Alors, je m'en moque, mais toi, tu la rejettes.

Sait-il que ces paroles me fendent le cœur

— Tu ne regardes que ce que tu as envie de voir.

Je cache mon visage contre sa poitrine. Pourquoi suis-je si terrifiée d'être si près de lui?

— Je t'aime, Perri.

— Non.

— Je sais que tu m'aimes aussi.

— Pourquoi faut-il que tu changes tout?

— Je t'aime, Perri. Je ne peux pas faire semblant que ce n'est pas vrai. Je ne peux retourner à ce qui était avant. Tu t'es détachée de moi en vieillissant et ça me déchire. La seule chose qui m'intéresse, c'est toi et moi.

Il prend mon visage dans ses mains. Je ne me suis jamais sentie si petite, si fragile.

— Je t'en prie, Perri, viens avec moi.

— Où?

— N'importe où.

— Je ne peux pas.

Je me lève. J'ai besoin de m'éloigner de lui. Il me suit à travers le terrain, descends les marches avec moi. Ses mains sont comme des menottes autour de mes poignets.

— Qu'est-ce qui a tant d'importance pour toi ici pour que tu ne puisses le quitter?

— Je ne veux pas m'enfuir. J'ai une famille, des responsabilités.

— Tu penses que ton père t'aime? Il n'aime que la bouteille avec laquelle il se couche tous les soirs. Il ne sait pas comment prendre soin de toi. Il n'est même pas capable de s'occuper de lui-même.

— Comment peux-tu me dire ça? C'est de mon père que tu parles. Il vaut pas mal mieux que ta mère.

Il inspire bruyamment. Je me détourne pour ne pas voir la souffrance sur son visage ni lui laisser voir la mienne.

— Tu as raison, au moins tu sers à quelque chose. Tu fais la cuisine, le ménage, tu lui trouves de bonnes excuses quand il est trop soûl pour aller travailler. Tu prends soin de lui et de Bennie. Tu es une mère et une épouse formidable.

— Je te déteste, lui lancé-je parce que je sais qu'il dit la vérité.

— Non, tu ne me détestes pas. Tu sais ce que tu détestes? Tu détestes que ta mère soit morte. Tu détestes que ton père boive. Tu détestes que ta sœur soit partie. Tu détestes d'être obligée de t'occuper de tout le monde. Tu détestes d'être brillante parce que cela signifie que les gens attendent davantage de toi. Tu détestes que les choses ne soient pas aussi faciles pour toi. Peut-être même qu'une partie de toi me déteste parce que je te dis les choses telles qu'elles sont. Tout comme une partie de toi déteste ton art. Tu sais pourquoi? Parce que tu peins ce que tes yeux refusent de voir. Tu peins avec ton cœur.

— Pourquoi cherches-tu à me blesser? Pourquoi ne pouvons-nous pas laisser les choses comme elles sont?

— On blesse toujours ceux qu'on aime. Rien n'est éternel. L'ancienne Perri me manque. Je ne veux pas renoncer à elle.

J'ai honte devant la nudité de son visage.

— Je ne suis pas capable de choisir. Ne m'y oblige pas, le supplié-je.

Il m'agrippe, me retient.

— C'est notre dernier été, Perri.

— Ne t'en va pas.

Je m'accroche à lui, à sa chaleur, à sa proximité. Je vais me perdre, comme si je me noyais dans l'océan.

— Il le faut.

— Pourquoi ?

— Rien ne me retient ici.

Sa voix se brise. Mon cœur se serre.

— Plus maintenant.

Je le hais. Je le hais de me faire sentir ma vulnérabilité, cette nouvelle douleur en moi. Je ne savais pas que sa bouche pouvait être aussi douce, aussi suave. Je sens l'amour et la colère sur ses lèvres, puis un vent froid — il est parti.

Je trébuche dans les marches. J'aperçois son camion. La portière est verrouillée. Mes poings deviennent gourds à force de la frapper. Il ne me laisse pas monter.

— Je t'aime!

Il ne me regarde pas, ne m'entend pas. Puis il se tourne. Je me sens complètement vidée par son regard.

Comment vais-je faire pour le retrouver?

11

C'est comme si une autre que moi passe devant sa maison chaque matin. L'écriteau *À vendre* dans la fenêtre semble confirmer que ce qui est survenu le mois dernier est définitif.

Ce matin, Mme Andretti était à la fenêtre. Elle a agité la main, comme si elle voulait me demander quelque chose. Elle est sortie, un sac dans les bras.

— Je ne voulais pas les jeter, m'a-t-elle expliqué.

Manifestement, elle se sentait mal à l'aise. Après avoir regardé les tableaux dans le sac, je l'ai remerciée et je suis partie.

À l'école, les corridors me paraissent déserts, les cours, interminables. Francine m'évite. Son visage est souvent comme un reflet de ma culpabilité. C'est aussi bien comme ça.

— Piera?

D'entendre prononcer mon nom me ramène à la réalité. Je regarde fixement mon assiette, puis mon père, assis en face de moi. Un sourire flotte sur ses lèvres pendant qu'il mange son repas. Y a-t-il si longtemps que je l'ai vu aussi heureux ?

— Tu es devenue un vrai cordon-bleu, Piera. Comme ta mère.

— Tout a bon goût quand on a faim.

Mon frère s'empare de l'assiette que j'avais posée sur le côté de la table. Celle que j'avais coutume de réserver pour Vinnie. Pas facile de se débarrasser de ses mauvaises habitudes.

— Mastique un peu. On croirait que tu n'as rien mangé depuis des jours, lancé-je à mon frère.

— Je suis en période de croissance, rétorque-t-il.

— Oui, tu es de plus en plus emmerdant en grandissant.

Je termine mon repas avec un goût amer dans la bouche.

Mon père pose sa main sur la mienne, une expression douce sur le visage.

— Il te manque, je le sais.

— Hé! Papa, dit Bennie en secouant le bras de mon père. Alors, où est la surprise que tu nous as promise?

— Dans le garage.

Bennie bondit. Je le suis à l'extérieur. La porte est grande ouverte. Je peux sentir la fébrilité de mon père derrière moi. La lumière s'allume. Je vois une Chevy rouge dans l'espace vide où la Pontiac se trouvait d'habitude. Nous l'avions vendue pour rembourser une partie de la deuxième hypothèque sur la maison.

— Qu'est-ce que vous en dites?

— Papa... C'est super! s'exclame Bennie en lui donnant une tape dans le dos. Toute une bagnole!

— Tu ne dis rien, Piera? Tu ne l'aimes pas?

— Où as-tu trouvé l'argent?

— Votre maman avait un peu d'argent.

— Maman n'aurait pas voulu ça.

Le visage de mon père s'assombrit. Il élève la voix.

— Je suis votre père. Tu penses que je vous trompe? Je sais que votre mère a économisé cet argent pour vous, les enfants, pour votre mariage. Tu penses que je l'ai tout dépensé?

— Non. Ce n'est pas ce que j'ai voulu dire.

— J'ai fait ça pour vous.

Il pose une main sur mon épaule, l'autre sur celle de Bennie.

— Tu pourras t'en servir pour aller à l'école et accompagner ton frère.

— Nous n'avons pas besoin d'une auto. Nous avons besoin de garder la maison.

— Tu répètes toujours la même chose.

Je repousse sa main.

— Je m'inquiète, papa. Tu ne rajeunis pas.

Mon père me regarde en secouant la tête.

— Le vrai portrait de ta mère.

— Quel casse-pieds! s'écrie mon frère en m'assenant un coup sur le bras. Viens, papa, allons faire un tour!

Bennie monte dans la voiture. Mon père le suit. Il me regarde à travers la vitre. Il semble triste. Je retourne vers la cuisine, ne me donne même pas la peine de ranger, puis je monte à ma chambre. Je regarde fixement la peinture que j'ai terminée hier soir. Une espadrille miteuse abandonnée sur un gradin. Le fardeau qui a commencé à peser sur moi il y a deux semaines m'oppresse encore davantage.

12

Mon titulaire me tend un billet de la part de M. Jennings. Il désire me voir à son bureau. Cela ne m'étonne pas. Un de mes professeurs a dû se plaindre de mon manque de participation en classe.

— Tu as reçu des nouvelles du Canadian Pacific? me demande M. Jennings tandis que je referme la porte et que je prends place sur la chaise habituelle.

— J'ai reçu la lettre d'acceptation la semaine dernière, dis-je.

— Je savais qu'ils seraient impressionnés par les relevés de notes que je leur ai télécopiés.

Il sourit en croisant nonchalemment les mains sur sa nuque.

— J'apprécie vraiment ce que vous avez fait, monsieur.

— L'école John F. Kennedy est fière d'éduquer des élèves comme toi. As-tu pensé au discours que tu prononceras à la cérémonie de graduation?

— Non.

Je me tais un instant, essayant de trouver les mots pour exprimer la décision qui me tourmente depuis quelques jours.

— J'ai décidé de ne pas y participer.

— Pourquoi?

Son air consterné me rend la tâche encore plus difficile.

— Tes camarades seront tous là.

Pas Vinnie.

— Je n'ai rien préparé. Je n'ai rien à dire, fais-je plutôt valoir.

— Perri, tu t'es toujours conduite comme une jeune fille mûre et raisonnable. Chaque année, je vois des jeunes sortir de cette école, certains ont un avenir, d'autres ne vont nulle part. Tu as beaucoup de potentiel, Perri. Tu es intelligente et ambitieuse. Le monde est là, à l'extérieur. Tu es capable de faire la différence.

Son laïus appris par cœur me fait sourire.

Il se penche en avant, comme s'il voulait dire quelque chose, puis se redresse.

— Si quelque chose te trouble, je serai plus qu'heureux d'en discuter avec toi.

— Tout va bien.

Je tente de me lever, désireuse de m'éloigner de lui et de cette pièce où j'étouffe. Il m'arrête.

— C'est vraiment dommage ce qui est arrivé à Vinnie. Je sais que vous étiez de bons amis tous les deux. Vinnie a fait un choix. Il a quitté l'école. Ne commets pas la même erreur. Comprends-tu ce que j'essaie de te dire, Piera?

Je fais signe que oui, même si je n'en suis pas tout à fait sûre.

— Ne laisse pas tout tomber.

Quelque chose résonne dans mon cœur aussi fort que dans ma tête.

Tout laisser tomber? Ne sait-il pas tous les efforts que je fais pour conserver ce qui m'appartient déjà?

13

La porte de la chambre de mon père est fermée, ce matin. C'est inhabituel, car il la laisse toujours ouverte. Mon frère est dans la cuisine, en train de mélanger de la pâte à crêpes.

— Depuis quand es-tu devenu un chef ? lui demandé-je.

Il ne répond pas.

— Je suis rentrée tard, hier soir. Vous étiez déjà couchés, papa et toi, alors je n'ai pas pu vous demander comment s'était passée la rencontre avec ta prof.

La cuisine est silencieuse. Je sens mon frère se contracter à côté de moi.

— Hé !

Je tends la main pour l'aider à reprendre son calme. Il laisse tomber sa fourchette sur le sol. Il se jette dans mes bras.

— Qu'est-ce qui t'arrive, Bennie?

J'éloigne son visage de ma poitrine. J'ai l'impression de me liquéfier à la vue de l'ecchymose qui couvre sa joue gauche.

— Comment t'es-tu fait ça?

— Ne... dis... rien... Perri. Il... ne voulait... pas... faire... ça, m'explique-t-il d'une voix saccadée. C'est...

ma... faute. Je... n'aurais... pas... dû... dire... ce que j'ai dit.

— Doucement, Bennie. Qu'est-ce qui s'est passé?

J'attends qu'il cesse de sangloter.

— Comme tu me l'as demandé, j'ai surveillé la quantité d'alcool qu'il buvait. Il avait dû commencer à boire le matin, parce que quand on est montés dans la voiture, il divaguait déjà. Je lui ai suggéré de rencontrer la prof une autre fois, mais il ne m'écoutait même pas.

— Du calme, Bennie, dis-je pour l'apaiser.

— Il n'était pas capable de comprendre ce que ma prof lui disait. Elle s'est fâchée parce qu'il était ivre. Il a commencé à lui crier après. Elle l'a menacé de faire un rapport sur lui. Il s'est énervé et s'est mis à l'injurier. Il faisait un tel boucan que le garde de sécurité a dû le sortir. Alors je me suis mis en colère... Je lui ai dit que...

— Qu'est-ce que tu lui as dit?

— Je lui ai dit... Je lui ai dit que c'est lui qui aurait dû mourir, pas maman.

— Bennie.

Je l'attire contre moi. Avait-il tout gardé cela à l'intérieur de lui? Est-ce si étrange qu'elle lui manque autant qu'à moi? Il n'était qu'un enfant à sa mort.

Il lève les yeux vers moi, il a les traits tirés.

— Pourquoi est-ce qu'il boit tant?

— Je ne sais pas, Bennie. Papa n'est pas très heureux.

— Nous ne lui causons pas d'ennuis.

— Non.

— Maman non plus n'était pas heureuse, pas vrai?

— Non, elle ne l'était pas.

— Peut-être que s'il n'avait pas bu, elle aurait été moins malheureuse. Peut-être qu'elle ne serait pas tombée malade et qu'elle ne serait pas morte.

— Maman était malade, Bennie. Elle allait mourir de toute façon.

— Ton frère a raison.

La voix résonne comme un ballon rempli d'eau qui éclate. Mon père se tient devant nous, portant sa chemise d'hier; tout indique qu'il a passé une nuit blanche. Nous avons dû le réveiller.

— C'est moi qui aurais dû partir le premier.

Il porte les mains à sa tête, se frotte les tempes.

— Elle m'a laissé tout seul. Qu'est-ce que je connais à l'éducation des enfants?

Mes mains agrippent la chaise pour qu'il ne me voit pas trembler. Il faut que je garde mon sang-froid.

— J'ai un examen ce matin, mais je serai de retour dans l'après-midi.

— Je vais reconduire Bennie à l'école, déclare-t-il en se massant la poitrine.

Comment peut-il rester là, comme si rien ne s'était passé?

— Il vient avec moi, dis-je.

— J'ai dit que je le conduirais.

Le sang lui monte à la tête.

— Ça va, intervient Bennie en posant une main sur mon bras. J'irai avec papa.

— Je suis en retard.

Je ramasse mes livres sur le canapé. Arrivée à la porte, je pense à quelque chose.

— Tu ferais mieux de téléphoner à M. Tucci.

Mon père ne répond pas, il évite mon regard. Au fond de moi, je le savais.

— Tu as été congédié, c'est ça?

Il ne répond pas.

Un poids invisible pèse sur mes épaules. Il faut que je sorte d'ici... Je pense que je le déteste.

Sur la page, les mots ressemblent à des gribouillis. Les points d'interrogation se transforment en points. Incapable de continuer à écrire, je jette un coup d'œil à l'horloge au-dessus du tableau. Encore une heure. On frappe à la porte. C'est M. Jennings. Je sens tous les regards braqués sur moi. Après quelques instants, je m'aperçois qu'il essaie d'attirer mon attention. Nous sortons.

— Ils ont eu un accident.

— Papa? Bennie?

J'ai l'impression que ma peau est en caoutchouc sous les mains de M. Jennings.

— Ils vont bien.

J'entends un bruit confus dans ma tête, comme si j'étais tombée à l'eau. Je m'appuie contre le mur.

— Ta sœur a communiqué avec nous. Ils sont à l'hôpital Saint-Michel.

Je devrais m'évanouir ou fondre en larmes. N'est-ce pas ce qu'on est censé faire? Je me sens paralysée. Je bouge, ne sachant pas où me diriger.

M. Jennings me prend par le bras.

— Je t'accompagne là-bas.

Dans la voiture, nous sommes tous les deux très calmes. Je crois que M. Jennings ne sait pas vraiment quoi dire. Vingt minutes plus tard, nous arrivons au stationnement de l'hôpital. Nous prenons l'ascenseur jusqu'au dixième étage.

Du corridor, j'aperçois ma sœur debout près du lit de mon père.

— Ça ira, dis-je à M. Jennings qui m'observe attentivement.

— Tu en es sûre?

Je fais signe que oui. Il me serre le coude. J'essaie de calmer ma respiration avant d'entrer dans la chambre. Ma sœur lève les yeux: elle a pleuré. Elle tient la main de mon père. Il a les yeux fermés. Je ne lui ai jamais vu une expression aussi sereine.

— Il va bien?

— Ça prendra plus qu'une voiture pour tuer cet homme.

— Bennie?

— Il va bien. Il est avec Paul.

— Qu'est-ce qui s'est passé?

— Il a perdu le contrôle du volant, la voiture a fait une embardée et frappé un poteau.

— Quand rentre-t-il à la maison?

— Il devra suivre des traitements pendant quelques mois.

— Mais tu disais qu'il allait bien.

— C'est son foie, Perri.

Mon père remue, ouvre les yeux.

— Je leur avais demandé de ne pas t'appeler, marmonne-t-il.

J'approche ma chaise de son lit. Il regarde ma sœur, mal à l'aise. Il presse sa main. Elle l'embrasse. Ce simple geste est comme un coup de poignard dans mon cœur. Mon père garde quelques instants les yeux sur moi, silencieux.

— Est-ce que tu lui as parlé ? demande-t-il à Gina.

— Parlé de quoi ?

J'attends que ma sœur réponde.

— Papa veut dire que nous nous sommes entendus tous les deux pour que Bennie et toi veniez habiter avec Paul et moi, du moins jusqu'à ce que papa soit rétabli.

— Non, dis-je en me redressant, me sentant comme si on m'avait enfoncé un tisonnier brûlant dans le corps. Je ne pars pas.

— Nous ne pouvons garder la maison.

— Vends la voiture, proposé-je, désespérée.

— Cela ne changera rien, Piera. Bennie aurait pu être blessé, aujourd'hui. Et hier..., poursuit mon père en détournant le regard. Je n'avais jamais levé la main sur vous, les enfants. Jamais. Je ne suis pas capable de m'occuper de vous.

Il ne veut pas que je voie sa honte.

— J'ai essayé, reprend-il. Je vous aime, mais je ne suis plus capable de prendre soin de vous. Je n'ai pas su veiller sur votre mère non plus. Je lui ai brisé le cœur.

— Ce n'est pas vrai.

Je le prends dans mes bras, je veux qu'il retire ses paroles.

— Je vais veiller sur toi, papa.

Ma sœur se met à pleurer. Elle pose la main sur mon épaule.

— C'est toi qui l'as incité à faire ça, crié-je en la repoussant.

— Essaie de comprendre, dit-elle d'une voix faible.

— Comprendre !

J'éclate de rire et ce rire me terrifie. Je ne me reconnais plus.

— Comme j'étais supposée comprendre pourquoi tu nous as laissés lorsque maman est tombée malade. Tu étais amoureuse d'un type que tu connaissais à peine. Tu voulais vivre avec lui et vous avez emménagé ensemble. Foutaises! Tu avais trouvé un prétexte pour te défiler. Tu avais peur comme nous tous. Elle se mourait. Elle t'a suppliée de rester, mais tu es partie quand même.

— Cela fait longtemps de ça. J'étais jeune.

— Nous formions une famille, alors. Puis tu es partie. Maman est morte. À présent, Vinnie est parti lui aussi et tu veux m'enlever papa.

Ma sœur essaie de me retenir, et ma main part toute seule. Sa joue devient brûlante sous ma gifle. Elle recule brusquement, comme si elle ne me reconnaissait plus. Les corridors blancs ressemblent à des tunnels tandis que je m'enfuis de l'hôpital. Je ne sais plus si j'aperçois M. Jennings ou si c'est quelqu'un d'autre. Dans l'autobus qui me ramène chez moi, des questions, des réponses, des voix se bousculent dans ma tête.

La maison vide m'épouvante. Les pièces semblent rapetisser. Je vois ma mère penchée sur sa machine à coudre. Ses cheveux sont noirs comme le charbon. Elle lève la tête, esquisse un sourire doux et fatigué. Je regarde dehors par la fenêtre de la cuisine. Bennie lance la balle contre le mur, le visage rouge de concentration. Gina est dans sa chambre à l'étage. Elle tient le téléphone entre son cou et son épaule tout en étalant sur ses ongles son vernis préféré. Vinnie est étendu sur le lit dans ma chambre, un livre à la main. Il me regarde, il attend que je lui dise s'il a bien répondu à la question. Je hoche la tête et il sourit brièvement, comme Garfield. Puis je vois mon tableau. Les vagues, les corps se dressant devant l'eau, essayant de se sauver l'un l'autre ou de s'attirer l'un l'autre en arrière. Je voulais qu'il reste avec moi. Qu'est-ce qu'il a dit déjà? «Ne laisse pas dépasser les fils, ne laisse aucun espace vide. De quoi as-tu peur?»

J'ai peur de perdre ce que je connais. Avant, je savais où je me trouvais, je me sentais en sécurité. Puis, pendant que je regardais ailleurs, tout a changé. Je ne pouvais rien faire pour arrêter cela. «Tu ne vois que ce que tu veux voir.» Ses paroles me hantent.

Mon père est malade. Il a besoin d'une aide que je ne peux lui apporter. Je ne peux l'empêcher de boire. Est-ce que je crois être en mesure de le sauver? J'ai été incapable de sauver ma mère, de la garder en vie, de faire en sorte qu'elle reste avec nous. Je n'ai pu empêcher Vinnie de partir. Il savait. Il comprenait. Rien n'est éternel. Si je le pouvais, je peindrais, j'éclabousserais la toile de couleurs, je remplirais tous les espaces, toutes les crevasses de mon cœur, de ma tête, je ferais n'importe quoi pour stabiliser, pour maîtriser, pour anéantir la douleur qui s'est logée là.

J'ignore comment je me retrouve dans la cave à vin. Dans un coin, au fond, il y a une toile: une machine à coudre sur laquelle est posée une bouteille à demi pleine d'un liquide rouge. Du sang s'écoule de l'aiguille brisée. J'ai peint ce tableau le soir de la mort de ma mère. Je regarde autour de moi. Les rangées de bouteilles bien alignées sur les étagères semblent bouger. À moins que ce soit quelque chose à l'intérieur de moi. Lorsque la première bouteille se fracasse et que le verre vole en éclats à mes pieds, quelque chose explose en moi. Je me mets à gémir.

Je ne sais à quel moment j'arrête ni combien de temps s'est écoulé avant que ma sœur me trouve assise sur le sol froid, entourée de verre brisé et trempée de vin. Son regard va du sol à moi.

— Tu as fait tout un dégât.

— Je suis pathétique.

Je me mouche dans ma chemise, me mets à rire, puis à pleurer. Ma sœur me prend dans ses bras, me berce comme une enfant.

— Comme ça fait du bien, mon Dieu!

Je m'essuie le nez sur mon bras.

— Je te demande pardon.

— De quoi?

— De vous avoir quittés, il y a longtemps.

Elle replie ses jambes sous elle, s'asseoit près de moi.

— Tu vas être toute mouillée.

— Je vais te confier un secret, Perri. Parfois, tu es obligée de tout gâcher si tu veux apprendre quelque chose. Je ne pensais qu'à moi.

— Si tu cherches de la sympathie, adresse-toi ailleurs, dis-je en reniflant. Tu as choisi le pire moment pour t'en aller. J'avais treize ans et mille questions et personne à qui les poser. Maman était un peu démodée. Au moins, Vinnie était là.

— Tu disais toujours qu'il avait réponse à tout.

— Il y a des choses qu'on ne peut demander à un gars.

— À treize ans, tu comprenais déjà beaucoup plus que moi. Tu savais que je n'étais pas capable d'affronter ça.

— Tu veux dire la mort de maman?

— Oui. Tu lui ressembles tant. Tu te contrôles toujours.

— Elle nous manque. Mon Dieu, Gina, Vinnie me manque. Pourquoi faut-il que les gens s'en aillent?

Je me remets à pleurer. Ma sœur me prend dans ses bras.

14

C'est l'automne. Sam est assis sur la véranda, chez ma sœur. Il lève les yeux lorsque la porte se referme derrière moi. Il esquisse un sourire timide.

— C'est donc ici que tu habites, dit-il en se levant et en s'essuyant le derrière de pantalon.

— Oui.

Je m'appuie à la balustrade.

— Je suis allé faire un tour chez toi. J'espère que ça ne te dérange pas. J'ai ramassé ton courrier. Ton frère m'a donné cette adresse.

Je prends les lettres qu'il me tend.

— J'ai vu que vous avez mis la maison en vente.

— On le dirait.

— Je suis désolé pour ton père.

— Ça va. Il se porte mieux à présent.

Il prend ma main.

— Je regrette que les choses se soient terminées comme ça.

— Moi aussi.

— Tu vas aller au Canadian Pacific?

— Ouais, dis-je en riant. J'ai fini par être acceptée. Et toi?

— Au début, je n'étais pas certain, mais oui... J'ai reçu la confirmation il y a deux semaines.

— Je suis contente pour toi. On dirait que tout le monde va se retrouver là.

— Ça te fait peur? Le collège, je veux dire?

— Je ne sais pas. Cela semble être l'étape logique.

— T'arrive-t-il de te demander si tu vas tout gâcher? Qu'est-ce qui va arriver si nous échouons? Si nous n'aimons pas ça? Comment puis-je savoir ce que j'ai envie de faire? Tu viens d'avoir seize ans et tu es tout à coup censé savoir ce que tu veux faire et qui tu veux être pendant le reste de ta vie.

J'écoute Sam. J'ai eu beaucoup de temps pour réfléchir depuis ce jour dans la cave à vin. D'une certaine façon, Sam exprime tout ce que j'ai eu peur d'admettre, même à moi-même.

— Nous sommes tous dans le même bateau, j'imagine, conclut-il.

Sauf que nous naviguons dans des eaux différentes et que nous devons le faire seuls, ai-je envie de répondre. Je ne sais pas s'il peut comprendre.

— Tu as eu des nouvelles de Vinnie?

— Non.

Il bouge ses pieds et semble sur le point d'ajouter quelque chose lorsque la porte s'ouvre brusquement. La tête de ma sœur apparaît.

— Le dîner est presque prêt. Est-ce que ton ami aimerait se joindre à nous?

— Gina, je te présente Sam, un camarade de classe.

— Il y a plein de choses à manger. Nous serions heureux que tu restes.

Je vois que Sam plaît bien à ma sœur.

— Cela me ferait plaisir, mais c'est imposible. Je commence à travailler à deux heures.

— Ce sera pour la prochaine fois.

Ma sœur rentre et il se tourne vers moi.

— Puis-je t'appeler à l'occasion?

— J'aimerais bien.

Il joue avec le col de ma blouse, puis m'embrasse sur la joue.

— Prends soin de toi.

— Toi aussi.

Je le regarde monter dans sa voiture, sortir de l'entrée de garage jusqu'à la rue; puis il se retourne. Je vois mon reflet dans son visage. J'ai changé. Une vague de tristesse me submerge. C'est une partie de ma vie qui prend fin.

J'examine le courrier. Deux comptes, une lettre de la Commission d'assurance-chômage et une de l'Académie métropolitaine des arts. Celle-ci est dure comme du carton entre mes mains.

Chère Mlle D'Angelo,

Nous sommes heureux de confirmer votre acceptation à notre académie pour le trimestre d'automne. Notre directeur des admissions a été fortement impressionné par votre carton à dessin, et il aimerait vous rencontrer pour discuter de votre champ d'intérêt. Seriez-vous prête à le rencontrer le...

Mes mains tremblent. Je suis incapable de lire jusqu'au bout. C'est comme si Vinnie se tenait à côté de moi, son sourire à la Garfield sur les lèvres, comme s'il venait de tourner le coin de la rue, sortait de son camion et me disait: «Tu vois, je te l'avais bien dit.» Qui d'autre que lui aurait pu faire ça? Il doit leur avoir envoyé mes toiles et tous les dessins que je lui avais donnés.

— Perri, appelle ma sœur à travers la porte. Qu'est-ce qui se passe? ajoute-t-elle en sortant.

Je lui montre la lettre.

— Je croyais que tu n'avais pas fait de demande d'admission.

— Je n'en avais pas fait.

Elle me regarde avec tendresse.

— C'était lui, n'est-ce pas?

Je suis incapable de répondre. Elle le lit sur mon visage.

— Il a cru en toi.

15

La maison paraît grande sans les meubles, les fenêtres nues, sans les rideaux.

— Tu as tout? crié-je à mon frère tout en raccrochant le téléphone après avoir parlé avec mon père.

Nous habitons chez Gina, maintenant. Près d'un an s'est écoulé depuis l'accident. Je jette un coup d'œil à mes tableaux sur le plancher de ma chambre. La machine à coudre, l'enfant et le vieillard, la fille sur le seuil de la porte, les gradins et l'océan — le tableau que je ne semble pas pouvoir terminer.

— J'ai pris tout ce qui restait, crie Bennie du bas de l'escalier.

Je le vois qui prend la dernière boîte et l'apporte dehors sur le perron.

Je descends l'escalier, entre dans la cuisine.

— As-tu appelé Gina? lui demandé-je.

Dehors, le jardin est bien négligé. Je ne me rappelle plus quand j'ai cessé de m'en occuper. Je rejoins Bennie sur le perron.

— Je l'ai appelée il y a une demi-heure. Elle va arriver quelques minutes en retard.

— Cette maison va me manquer.

— À moi aussi.

Il s'éponge le visage.

— Ce qu'il fait chaud ! Où vas-tu ? me demande-t-il en me voyant sauter du balcon.

— Je reviens tout de suite.

Comme d'habitude, la piste de course est déserte. Je grimpe jusqu'aux tribunes, m'allonge sur un des bancs. Mon esprit vagabonde, comme cela m'arrive souvent. Je pense à Sam, à Francine, à Vinnie. Qu'est-ce qu'ils font ? Quel est notre destin ?

Il commence à faire trop chaud pour rester allongée comme ça. Je m'assieds. Mon esprit me joue des tours. Je passe la main sur mon visage. Pendant une minute, j'ai eu l'impression de voir Vinnie, là, au milieu des arbres. Je descends des gradins, et quand je regarde à nouveau, je le vois. Il porte un t-shirt blanc, un petit sac sur l'épaule. Il paraît différent, farouche, bronzé, plus robuste. J'ai l'intention d'attendre qu'il vienne vers moi, mais voilà que je me mets à courir à sa rencontre. Je l'appelle.

— Tu es revenu ?

— Il le fallait.

Son haleine est fraîche sur ma joue. D'une certaine façon, il semble avoir vieilli.

— Je savais que tu reviendrais.

— Tu ne peux pas t'imaginer ce que j'ai ressenti en trouvant la maison vide hier. Heureusement, j'ai téléphoné à ta sœur, dit-il.

— Elle t'a amené ici ?

— Elle est venue me chercher au YMCA.

— Elle t'a raconté ce qui s'est passé ?

— Je suis désolé, répond-il en hochant la tête.

— Non, je suis contente. Ça ira mieux, maintenant.

Je pose les mains sur ses épaules.

— Laisse-moi te regarder. Tu as engraissé.

— J'ai pris une couple de livres.

Il frotte ses bras, gêné.

— Ça te va bien. T'es-tu rendu jusqu'en Colombie-Britannique?

— Non. Sans toi, ça n'aurait pas été amusant. J'ai abouti en Alberta, j'ai travaillé quelques mois dans une compagnie de coupe de bois. J'ai fait pas mal de sous.

— Qu'est-ce que tu comptes faire maintenant?

— Je vais entrer dans les Forces Armées. Je peux gagner un peu d'argent. J'ai l'intention de reprendre mes études. Je vais peut-être prendre un cours de photographie professionnelle.

— Tu fais de belles photos.

— J'allais te les envoyer par la poste, mais je me suis dit que ce serait mieux de te les livrer en personne. Et toi, comment ça va? Et le collège? continue-t-il.

— Mes profs aiment mon travail. Ils trouvent que c'est subliminal.

— Qu'est-ce que ça veut dire?

— Je suppose qu'ils veulent dire qu'il faut regarder la toile deux fois avant de la comprendre.

— Tu as été acceptée.

Le sourire à la Garfield est de retour.

— Tu aurais dû m'en parler.

— Tu m'aurais empêché de le faire.

— Tu as toujours su que je serais acceptée, n'est-ce pas?

— Je ne suis pas un critique d'art mais tes peintures, elles me prennent aux tripes.

— Tu as toujours eu une façon spéciale de d'exprimer les choses, dis-je en riant. Tu as cru en moi. Même quand moi, je n'y croyais plus.

Je m'arrête.

— Combien de temps resteras-tu?

— Trois semaines. Je vais suivre mon entraînement quelque part au Québec.

— Je suppose qu'on va encore une fois se faire nos adieux. Je pars dans deux semaines. Je vais poursuivre mes études en France cet automne.

— Formidable! Pourquoi fais-tu cette tête?

— J'ai peur, Vinnie. Je vais être toute seule, là-bas.

— J'ai peur aussi. Je ne sais pas où je vais aboutir. J'imagine que je savais que je ne pourrais pas toujours te suivre. Parfois, il faut prendre des risques, même si ça signifie qu'on va perdre quelque chose en chemin.

Son expression est douce. Il caresse mes cheveux.

— Allez, ta sœur a préparé un repas et il y a son petit monstre d'un pied et demi qui meurt d'envie de me connaître.

Nous rebroussons chemin en nous tenant par la taille comme dans le bon vieux temps.

— Je dois verrouiller, lui dis-je alors que nous approchons de la maison.

Je monte sur le perron m'assurer que la porte est bien fermée, puis je me penche pour prendre les dernières caisses. Je soulève la boîte contenant les tableaux soigneusement empilés. Celui qui représente l'océan est sous mon menton parce qu'il n'entre pas dans la boîte. Je l'examine. L'eau qui bouge, les silhouettes qui semblent à la fois s'accrocher et lutter l'une contre l'autre.

Nous nous cramponnons encore l'un à l'autre tout en nous développant séparément. Mais nous partons en gardant ce qu'il y a de meilleur chez l'autre. Vinnie Andretti et Perri D'Angelo, les meilleurs amis du monde.

Oui, c'est fini. Même quand j'ai commencé ce tableau, je savais que c'était fini. Mon enfance, ma vie sont dans cette boîte.

Je me hâte de descendre. Vinnie m'attend.

Cet ouvrage publié par
les Éditions Balzac
a été achevé d'imprimer
le 15e jour de novembre
de l'an mil neuf cent quatre-vingt-quinze
sur les presses de
Veilleux impression à demande Inc.
à Boucherville (Québec)

Composition et mise en page :
Les Éditions Graphiques Autres Rives